MONTY

Dominique Dumond

MONTY

roman

LE PASSEUR
ÉDITEUR

www.lepasseur-editeur.com

ISBN : 978-2-36890-944-7

Prologue

LORSQUE j'étais petit, mon professeur était imposant, très savant et surtout me paraissait beaucoup plus âgé que moi. Deux fois par mois, il y avait contrôle d'orthographe. Le cérémonial en était immuable : le professeur déambulait dans les rangs de la classe. À l'aide d'une règle en fer qu'il serrait dans sa main droite, il suivait méticuleusement le texte si redouté. Et quand il s'arrêtait auprès de moi, avec sa longue baguette de métal prête à me taper le bout des doigts, j'avais soudain confusément très peur. Rien que d'y penser, j'en frissonne encore.

Quarante ans plus tard, mon professeur était toujours aussi imposant, très savant, mais me paraissait beaucoup plus jeune que moi. Deux fois par mois, il y avait piqûre dans l'œil. Le cérémonial en était immuable : le professeur déambulait dans son cabinet. À l'aide d'une seringue qu'il serrait dans sa main droite, il siphonnait méticuleusement le flacon si redouté et quand il s'arrêtait auprès de moi, cette longue aiguille de métal prête à s'enfoncer dans ma pupille, j'avais soudain confusément très peur. Rien que d'y penser, j'en frissonne encore.

Deux ans : j'ai supporté deux ans ce traitement éprouvant. Malheureusement, les résultats de mes contrôles ophtalmologiques restaient au même niveau que ceux de mes corrections orthographiques d'autrefois : zéro à chaque œil. Aucun progrès !

J'étais déçu. J'avais accepté de participer à un traitement expérimental. Pourquoi pas, si je pouvais aider, même très modestement, à faire progresser la médecine ? Je m'y étais engagé avec détermination. Et il en fallait pour affronter tous les quinze jours l'antre de ce grand service ophtalmologique parisien, ce concentré de misère agglutinée sur quelques rangées de sièges inconfortables. Blancs ou Noirs, jeunes ou vieux, geignards ou silencieux, patients ou impatients, mélangés là dans une salle d'attente, tous exhalaient, tout en le taisant, le même effroi : « Pourvu que je ne finisse pas aveugle. » Au fil de mes nombreuses rechutes, j'avais fait le tour de tous les hôpitaux spécialisés, Cochin, Quinze-Vingts, Rothschild, et aujourd'hui Necker. J'avais vu les techniques devenir de plus en plus performantes et légères, mais l'angoisse des patients était toujours la même. Toutes leurs sourdes terreurs accumulées se diffusaient dans les salles d'attente en un brouillard poisseux qui les engluait encore, même quand elles étaient vides.

Moi, pour ne plus tourner dans ma cage, je m'étais fait cobaye, mais en pure perte. Le protocole s'avérait totalement inopérant.

Mon professeur n'aurait pas les palmes académiques, et moi, je continuerais à couler à pic dans des eaux de plus en plus sombres.

1

DANS son petit chalet en lisière du bois, Maga se prélassait. Aujourd'hui, elle n'avait pas cours et quoi de mieux à faire que de rester confortablement couchée ? Courir, aboyer sur l'écureuil qui passe là-bas pour lui faire peur et le voir grimper aux arbres à toute vitesse ? Cela peut être super drôle, oui, mais pas aujourd'hui… trop fatigant. Le labrador dort. C'est inscrit dans ses gènes, dans son nom même.

Ainsi, ce ne fut que mollement qu'elle se réveilla au retour bondissant de Muscade, sa colocataire qui revenait de formation. Elle bâillait encore à gorge déployée quand l'autre, tout excitée, entreprit de lui raconter sa journée :

— Ça y est, Maga, je connais ma droite et ma gauche. Je ne me suis pas trompée une seule fois ce matin.

— Bravo, ma chérie ! Il y a des humains qui n'y arrivent jamais !

— Julie, notre éducatrice, m'a inondée de récompenses. Mais après, je suis tombée sur un os.

Maga se redressa d'un coup.

— Un os ? Où ça ?

— Mais non, pas celui qui se mange ! Une question piège. Elle m'a demandé : « Cherche le métro. » Qu'est-ce que ça veut dire ?

Maga baissa la tête :

— Je ne sais pas. Ne sois pas impatiente. Comme dit notre vétérinaire, le docteur Lahiani, il faut beaucoup travailler avant de devenir polytechnichien. À propos, j'ai cru comprendre que nous allions partager notre box avec un nouvel étudiant.

Muscade dressa un peu ses oreilles.

— Un garçon, tu crois ?

— Je crois...

Aussitôt, Muscade entreprit de se frotter les yeux avec ses pattes avant. Maga la regardait faire, perplexe :

— Eh bien, qu'est-ce qui te prend ?

— Je ne voudrais pas avoir une croûte au coin de l'œil, si jamais il est mignon. Le premier regard, tu sais, ça compte beaucoup.

— T'as le droit de rêver.

Le grincement du portillon de leur courette les fit se retourner. Elles en restèrent la langue pendante. Le chien que Julie venait de faire entrer était splendide.

Un vrai canon canin.

Tandis que Julie libérait le chien et l'encourageait pour les présentations, Maga, à son tour, s'essuya les yeux et se précipita vers le nouveau venu.

— Bonjour ! Moi, c'est Maga ; en italien, « la magicienne ».

Muscade creusa son échine en une élégante révérence :

— Et moi, Muscade, douce et épicée.

— Enchanté ! Moi, c'est Monty, diminutif de Montgomery, le général ou l'acteur, comme vous préférez.

— L'acteur ! s'exclama Muscade.

— Quelle quiche, celle-là ! marmonna Maga. Une vraie midinette !

Julie fit asseoir Monty sur son nouveau lit, lui donna une récompense et sortit très lentement en vérifiant que tout allait bien. Il tourna vers ses nouvelles compagnes ses grands yeux tristes.

— Je me demande ce que la famille qui m'a élevé va devenir sans moi… Qui va leur faire faire une petite promenade de santé quatre fois par jour ? Qui va les aider à labourer leur jardin ? Qui va enseigner aux enfants les choses essentielles de la vie : le cache-cache chaussons-chaussettes, le lancer-ramener de balle, et surtout les séances de gros câlins ? Je suis sûr que je vais beaucoup leur manquer… Moi, ils me manquent déjà.

Maga le regarda avec douceur :

— Ça, c'est le *guide dog blues*. Tu verras, ça va passer. Tu vas apprendre tellement de choses qu'en sortant d'ici, tu seras encore plus utile et même indispensable.

Muscade reprit, une étrange lueur dans ses beaux yeux mordorés :

— Quant aux jeux et aux câlins, si tu veux, je t'en montrerai plein d'autres… tout à fait délectables !

Monty se coucha en sphinx et posa sa belle tête sur ses longues pattes avant. Tout bien réfléchi, il ne serait pas si mal en compagnie de ces deux ravissantes demoiselles. En tout cas, beaucoup mieux qu'avec les deux gros bergers suisses qu'il avait vus dans le chalet d'à côté. Réconforté, il s'endormit.

2

QUELQUES semaines auparavant, j'avais été reçu à l'école des chiens guides de Paris par la responsable des attributions, Laurence. Lors d'un entretien très pro, très technique, sans aucun pathos, une sorte de pré-évaluation, elle m'avait remis un dossier en m'expliquant qu'il était fondamental que je prenne tout le temps nécessaire pour le remplir avec soin. En me plongeant dedans, j'en compris très vite l'enjeu. Il orienterait le choix de l'équipe de l'école : octroi ou non d'un chien ; et si oui, lequel.

Il y avait d'abord une première partie médicale : bilan ophtalmologique, mais aussi bilan général. J'en conclus qu'il existait des cas vraiment difficiles : des diabétiques – je le savais puisque c'est une des grandes causes de cécité –, mais aussi des cardiaques, des asthmatiques, des allergiques aux poils de chiens – c'est pratique –, et même des malentendants ! Il y en a qui cumulent !

La seconde partie consistait à décrire sa vie – famille, travail, loisirs – et à fournir un emploi du temps type de sa semaine. J'aurais bien dit que, vu mon rythme, il me faudrait tout de suite deux chiens pour faire les deux huit, mais j'ai considéré que ce genre d'humour ne passerait peut-être pas. Enfin, il fallait expliquer ce que l'on attendait de la venue d'un chien et quelle place il tiendrait dans notre vie. Alors là, je me suis secoué la plume et j'ai dû rajouter une page au dossier.

Et il avait été retenu. J'avais été convoqué ce jour-là ! Génial ! Un vrai bond en avant ! Mais je ne me doutais pas, alors, que ce n'était que le premier pas d'un interminable marathon.

Mon premier rendez-vous fut avec l'orthoptiste. Elle comprit très vite que si je n'avais pas le compas dans l'œil, j'y avais bien reçu la règle, l'équerre et tout le cartable. On a fait le point sur ma misérable rétine !

Vision diurne : les cônes déconnaient et se déconnectaient un à un. Vision nocturne : quelques bâtonnets encore en vie clignotaient de temps à autre, avant de s'éteindre comme autant de vieux tubes néons fatigués. Quant à la macula, elle se maculait de taches de plus en plus larges, façon buvard sous un encrier renversé.

La médecine ne pouvait rien pour moi, nous le savions tous les deux. Alors, nous avons un peu parlé musique, et puis, au revoir. Nous ne nous sommes jamais revus.

Un mois plus tard, j'ai rencontré la psychologue. La douceur de sa voix, la rondeur de sa présence me mirent tout de suite à l'aise.

— Vous voulez bien me parler de votre maladie ?

— Bien sûr. Cette mangeuse de rétine s'est invitée chez moi dès que j'ai vu le jour avec pour unique but de me ramener à la nuit. Elle m'a déjà frappé à plusieurs reprises, mais, à chaque fois, je l'ai toujours surmontée, je me suis réadapté. Mais là...

Mes cellules se referment une à une. Bientôt, l'invisible sera ma prison, je vais prendre perpète. Et, pour la première fois, je n'imagine pas comment m'en évader. Pour la première fois, je perds espoir.

Dans ce cachot, à l'isolement, il ne me reste qu'une seule échappatoire, un soupirail ouvert sur le ciel : les grands yeux bleus de Stéphanie, ma compagne, qui partout m'accompagne, conduit, range, guide, décrit, lit – bref, qui fait tout pour que ma vie reste joyeuse et colorée. On dit que l'amour rend aveugle, pour moi, c'est l'inverse : il me rend la lumière.

Mais vous comprendrez que je ne peux me résoudre à ce que la belle mannequin que j'ai épousée se transforme peu à peu en une vulgaire bouée de sauvetage. J'ai tellement peur qu'elle manque d'air et finisse par couler avec moi.

La psychologue reprend avec beaucoup de bienveillance :

— Et qu'est-ce qui vous a amené à faire cette première demande, précisément aujourd'hui ?

— Je ne sais pas si vous allez me croire.

— Pourquoi pas ?

J'hésitais, je ne savais pas bien par où commencer.

— Nous avons fait une rencontre…
— Oui…
— Un chien.
— Oui…
— Un jeune labrador qu'une dame promenait sur le marché. Stéphanie avait été intriguée par sa petite casaque bleue sur laquelle étaient imprimés deux macarons représentant une canne blanche et un biberon. Sa maîtresse nous expliqua qu'elle l'accoutumait aux choses de la vie quotidienne, lui enseignait la propreté et quelques ordres de base, avant de le remettre à votre école où il serait éduqué pour devenir chien guide. Évidemment, les deux femmes en vinrent à parler de mon cas. Moi, je n'écoutais plus. Je câlinais le chien qui, assis sur mes pieds, avait confortablement calé son corps déjà lourd contre mes jambes. Soudain, je l'ai entendu distinctement me dire : « N'aie pas peur, je suis là pour toi. »

Elle marqua un imperceptible temps de surprise.
— Vous l'avez entendu ?
— Oui, très clairement.
Elle sourit :
— Alors, croyez-moi, tout ira bien.

3

DANS leur courette, Monty et Muscade s'amusaient comme des fous. Ils faisaient un « croc de fer ». Chacun, tenant dans sa gueule le même anneau de corde, essayait de tirer l'autre vers lui pour savoir qui serait le plus fort. Ils en grognaient de plaisir. Pendant ce temps, Maga, à l'arrêt, bien campée sur ses appuis, regard aigu, truffe frémissante, guettait son écureuil. Soudain, elle l'aperçut et se jeta d'un bond sur la grille en aboyant à tue-tête. Aussitôt, les deux autres l'imitèrent. En quelques secondes, la petite boule rousse s'était réfugiée au faîte d'un arbre gigantesque, mais les trois chiens continuèrent à barytonner en chœur, trop heureux de balancer du son, comme une section de cuivres qui, tout à coup, déchaîne l'orchestre : *ouah ouah ouah, ouah ouah ouah, ouah, ouah* !

Julie, qui venait d'arriver, dut faire les gros yeux et hausser la voix pour ramener le calme :

— Qu'est-ce qui se passe ici ? Silence, les toutous ! Je vous rappelle une de vos premières leçons : un chien de non-voyant est un chien non aboyant.

Maga glissa à ses camarades :

— Si j'avais su, j'aurais fait chien de malentendant. Au moins, je pourrais gueuler tout mon soûl.

S'ensuivit un joyeux remue-ménage.

Julie leva son index droit.

— Ça suffit, les toutous ! Assis, à vos places. Aujourd'hui, nous allons reprendre les passages piétons. En langage labrador, pour vous, ce sont les lignes. Quand je donne l'indication « cherche les lignes », qu'est-ce qu'on fait ?

Les trois chiens, qui s'étaient enfin assis, répondirent :

— On cherche les lignes.

— Et quand vous les avez trouvées ?

— On s'assoit au bord du trottoir.

— Très bien, c'est ça. Et après, qu'est-ce qu'on fait ?

Perplexes, les chiens se regardèrent en silence. Monty souffla :

— On pisse sur le poteau du feu rouge !

Dans l'instant, le chahut reprit et Julie, en bonne éducatrice, patiemment, ramena le calme.

— Alors, Maga, qu'est-ce que tu en penses ?

— On essaye de comprendre quand le feu change de couleur pour traverser ?

— Non, Maga. Vous êtes tous trop daltoniens pour pouvoir le faire. À toi, Muscade.

— On regarde les gens à côté et dès qu'il y en a un qui traverse, on y va.

— Pas du tout, cette personne peut prendre des risques, elle peut également se mettre à courir si elle voit une voiture débouler. Votre maître ne le peut pas, il n'est donc pas en sécurité. Alors, Monty ?

— On attend que le maître donne l'indication « devant ».

— Exactement. C'est votre maître qui décide quand traverser. D'ailleurs, il va prendre des cours de locomotion pour apprendre à le faire. C'est très bien, Monty.

Maga se tourna vers Muscade :

— Ce qu'il m'énerve, celui-là, à tout savoir... En plus, il va se taper une croquette de récompense.

— Moi, je le kiffe. Il est trop fort. Et en plus, il est trop beau.

Julie commença à équiper les chiens.

— Finie la théorie. On va s'exercer dans la rue.

Discrètement, Muscade frôla Monty.

— Si tu veux bien, je vais te suivre, comme ça je ne ferai pas d'erreur...

Et elle lui fit un petit bisou sur la truffe.

4

MON troisième rendez-vous à l'école fut moins glorieux. Gilles, un grand garçon, à la voix jeune et énergique, m'expliqua avec tact, mais fermeté, que si je voulais ne pas rester sur le carreau en défaillances, je devais impérativement me former aux techniques de la locomotion. Le programme était chargé : orientation, mémorisation et sécurisation de tous les déplacements. Nous ferions tous deux des petites séances de travail de maximum une heure et autant que nécessaire jusqu'à ce que je sois prêt.

Mais, pour moi, cela ne pouvait s'annoncer plus mal. J'avais toujours eu l'angoisse de la canne blanche et, logiquement, on commencerait par-là !

Un copain m'avait montré comment s'en servir et je ne m'en sortais pas si mal, mais jusque-là, j'avais toujours tout fait pour éviter son usage. Cette fois, fini l'amateurisme ; avant l'attribution éventuelle d'un chien, il fallait devenir pro.

Cécité faisait nécessité.

Pour autant, cette canne blanche, je l'ai toujours détestée.

D'abord, c'est une usurpatrice. De la canne, elle n'a que le nom. Point de pommeau en or ni de tête d'animal sculptée dans un bois précieux ; point de crosse en corne ou en ivoire. Elle ne dissimule aucune épée, aucun élégant parapluie en fanons de baleine ; ne comporte pas le moindre logement secret pour y cacher quelques grosses coupures en dollars ou, mieux encore, un billet doux destiné à quelque amour clandestin.

Non, elle n'a rien de tout cela.

En fait, ce n'est qu'un vulgaire bâton. Plus précisément, quatre bouts de bâton creux à emboîtement, reliés entre eux par un élastique, avec, à la pointe, une sorte de balle et, à la base, une dragonne.

Certes, elle est utile. C'est une sorte de main qui balaye et tâte loin devant tout ce qui peut se présenter, le dur, le mou, le haut, le bas, le vide ou l'inextricable.

Elle est nécessaire, donc, mais elle est moche et sa résonnance de vieux bambou fêlé encore plus. Blanche, elle nous signale comme jadis la crécelle annonçait les lépreux. Ce détestable périmètre de sécurité qui partout nous précède génère immédiatement autour de nous le malaise, l'opprobre ou, à l'inverse, la compassion ou la pitié. Si ces réactions sont compréhensibles, elles n'en sont pas moins lourdes à supporter. Il faut que nous soyons en état de les recevoir, prêts à accepter que, dans le regard des valides, nous sommes infirmes à jamais, alors que nous faisons tout pour ne pas le devenir.

C'est ainsi qu'au soir des attentats de *Charlie Hebdo*, je me suis rendu au rassemblement spontané de la place de la République sans canne. J'y suis allé seul, à petits pas, presque à tâtons, en m'aidant d'un grand parapluie. Je me suis fondu dans la foule, m'appuyant légèrement contre des épaules inconnues, effleurant des dos étrangers, infiniment concentré sur ma position et les mouvements de masse, mais surtout totalement invisible aux autres. Si j'étais là, au milieu de tous, c'était pour que nous exorcisions ensemble cet immense malheur commun, cette rafale d'horreur qui venait de s'abattre sur nous, et surtout pas pour que quiconque s'apitoie sur mon pauvre sort, ou pire encore oublie, ne serait-ce qu'un instant, l'immense élan qui nous avait tous conduits là. Et puis, quand j'ai senti qu'il me fallait rentrer, comme un bon nageur dans une grande marée humaine, j'ai profité des courants pour retrouver un coin de boulevard familier.

Là, j'ai déplié ma canne, et le malvoyant est retourné chez lui sans parler à personne.

5

MUSCADE était partie avec Julie pour travailler à l'extérieur. Tête et queue basses, Monty tournicotait dans la courette.

Maga, allongée sur sa couche, l'observait. Il lui plaisait vraiment, mais elle savait bien, au fond d'elle, qu'il était trop beau, trop vif, trop insupportable à force d'être trop, comme tous ces grands mâles par lesquels commencent tous les grands maux tels que malentendus, malédictions, maladies d'amour et autres malheurs.

Et puis, il y avait la belle Muscade, si fine, si séduisante. Quand ces deux-là étaient ensemble, l'atmosphère se chargeait d'électricité. L'attirance des aimants, sans doute. Alors, pourquoi lutter ?

Mais quand elle croisait ses grands yeux mouillés de tristesse, elle se sentait fondre et n'avait plus qu'une seule idée, aller le consoler. Saleté d'instinct maternel qui la submergeait tout d'un coup et auquel elle ne pouvait se soustraire.

Elle se leva donc, s'étira et le rejoignit.

— T'as un souci ?

— Cette semaine, j'ai examen.

— Tu vas chez le vétérinaire ?

— Non, c'est déjà fait. Pas de dysplasie, aucun problème de hanche, bon pour le service. Mais jeudi, je passe mon diplôme d'obéissance et, vendredi, diplôme de guidage. J'ai le trac...

— *Wou, wou,* s'amusa Maga. Ce n'est que ça ! Obéissance, c'est facile : au pied, assis, couché, ta place, et on n'en parle plus. Quant au guidage, Monty, tu es le meilleur d'entre nous.

Il tourna vers elle ses grands yeux dorés, soudain pleins de reconnaissance.

— Tu es gentille, Maga.

— Non, objective. Mais, attention quand même. Fais pas comme Miroslav la dernière fois. Il avait presque tout réussi, et puis, tout à coup, au lieu de s'asseoir à l'entrée d'un passage piéton, il a traversé comme un dingue parce qu'il avait vu une levrette de l'autre côté !

De réprobation, Monty secoua la tête et fit claquer ses oreilles.

— Non, j'te crois pas !

— Si, réformé ! Dix-huit mois d'étude foutus !

— Pour une levrette...

— Oui, pour une levrette. Remarque, il y a des politiciens qui ont ruiné toute leur carrière pour moins que ça.

6

« TANT qu'à devoir faire les choses, autant les faire bien. »

J'ai été bercé toute mon enfance durant par ce genre de maximes, et il faut croire qu'elles avaient laissé des traces car, bon gré, mal gré, j'ai fini par les appliquer. Le chapitre de la canne enfin clos, on est passé à des disciplines plus motivantes – en tout cas pour moi.

Par chance, si ma vue se réduisait en bévue, il me restait plein de bons sens, et l'objectif de la locomotion était de m'apprendre à mieux l'utiliser.

Première leçon : le son des choses.

Chez soi, c'est simple, amusant. Qui ne s'est essayé la nuit à reconnaître, du fond de son lit, quel volet grince, qui chaparde quoi dans la cuisine, sur quel meuble vient de sauter le chat.

Mais, dans la cacofolie urbaine, c'est un autre défi. Gilles entreprit de me montrer comment distinguer, dans cette indigeste salade de bruits, entre ceux qui sont récurrents, toujours bien présents, véritables balises qui nous mettent la puce à l'oreille, et les parasites qui, eux, ne sont qu'éphémères. Par exemple, dans notre nuit tombante, le souffle puissant d'une tour d'air conditionné d'un immeuble tourne comme le faisceau d'un phare, tandis que le boniment d'un camelot n'est qu'une faible luciole qui se déplace au gré du vent.

Dans la rue, j'appris à hiérarchiser les raffuts. Le vrombissement des moteurs, la voix des voies, indique leurs sens de circulation. Désormais, je sais mettre les carrefours sur écoute, faire parler les feux, déchiffrer les doubles sens, les contre-sens, les faux départs, pour, enfin rasséréné, traverser en paix. Mais attention à ne pas relâcher la vigilance.

Sur les trottoirs, un bruit qui court, c'est plus qu'une rumeur : c'est un danger en chemin, une bousculade potentielle.

Plus discret, le faible écho d'un pas lent à trois temps signale une personne s'appuyant sur une canne qu'il faut éviter d'envoyer valser.

Et puis, même dans les périodes d'apparents silences, on doit encore se défier de la sournoise trottinette électrique qui peut surgir du néant. Alors, comment oser s'attarder sur la délicieuse musique cadencée des talons aiguilles d'une élégante citadine ?

Deuxième leçon : avoir du nez. Humer permet de présumer, sentir permet de ressentir. L'olfactif est tout sauf fictif ou factice…

Effluves gourmands des commerces de bouche, arômes frais des fleuristes, bouquets capiteux des parfumeurs, mauvaise haleine du métro, fumet enfumé des terrasses de cafés, essences graisseuses des garages, odeur de sainteté aux portes des églises sont autant de petits cailloux blancs laissés sur un parcours à retrouver.

Enfin, troisième leçon à savoir sur le bout des doigts, essentiellement des travaux manuels : raser les murs, tenir bon la rampe, empoigner les portes, mais pas uniquement.

Il faut aussi s'accoutumer à se fier à ses pieds pour tâter le terrain, les abaissements de trottoirs, les pentes, les différentes structures des sols. On peut même, par la caresse d'un léger flux d'air sur le visage, deviner l'ouverture d'un couloir de métro.

Pour le tracé de l'itinéraire, un peu de sens de la géométrie et une bonne mémoire suffisent. Première à gauche, deuxième à droite, tourner sur la place à l'angle opposé, etc. Comme avant.

Sur ce plan de base, chacun de mes trois nouveaux informateurs superposait sa version de l'espace à définir. Et, comme en imprimerie, après les trois passages des couleurs primaires, émergeait une magnifique image incroyablement précise, différente de celle que j'avais connue auparavant, mais pourtant si proche.

Avec l'entraînement, ce petit miracle s'accomplissait de plus en plus rapidement, et il a fini par devenir instantané et naturel.

Au bout de neuf mois, j'étais devenu un as de la locomotion. Traversée des carrefours complexes, mémorisation de toutes les grandes gares parisiennes, construction mentale d'un itinéraire. C'est simple : je m'étais greffé un GPS dans le cerveau.

Je voulais être digne de lui, ce chien tant espéré qui, parallèlement à moi, bossait comme une bête pour apprendre à guider un humain. Mais existait-il vraiment ? L'avais-je déjà croisé dans l'école ? Nos parallèles se rejoindraient-elles un jour ? Aucune idée. Seule certitude : il y avait quarante chiens pour cent vingt maîtres potentiels. Alors, pourquoi serais-je l'élu plutôt qu'un autre ?

De nouveau, neuf mois s'écoulèrent ; une deuxième grossesse à vide, sans terme fixé ni petit nom à chérir, un si grand désir mort-né.

La nuit, dans mes rêves, un magnifique labrador blanc accourait à ma rencontre. Mais le jour, je n'y croyais plus. Pour conjurer le mauvais sort, je m'entraînais, seul dans la rue. Je donnais à mon chien imaginaire les indications d'itinéraires : « devant », « à droite », « allez, devant ».

Et, j'entendais penser les passants : « Un mec qui déambule avec une canne blanche et qui, à voix haute, s'indique à lui-même le chemin à suivre… Oh, le pauvre ! »

7

Et puis un jour, un jour banal, un jour comme tous les autres, un court message sur ma boîte vocale. Quarante et une secondes d'une belle voix féminine, claire et bien assurée.

— Bonjour monsieur. Je vais vous faire un très grand plaisir, je voudrais vous présenter un chien qui s'appelle Monty et qui est, en ce moment, en éducation à l'école.

J'avais connu l'oral du bac, les entretiens d'embauche, les conférences de presse, le speed-dating, la demande en mariage... Mais là, ce fut un autre trac, un stress colossal, une marche résolue vers un inconnu absolu, un espoir d'espoir qui ne serait peut-être qu'un échafaudage d'auto-illusion.

J'arrivai tellement en avance à l'école que je dus patienter dans une petite salle d'attente. Là, je liai conversation avec une jeune femme qui, le temps d'une hospitalisation, avait dû confier son chien à l'école. Elle venait le rechercher. D'impatience, elle était restée debout et piétinait sur place.

La porte s'ouvrit, le chien lui sauta au cou, puis se mit à tourner autour d'elle en couinant de plaisir. Tout en riant, elle aussi se mit à tourner sur elle-même en cherchant à le caresser.

— Arrête, arrête. Tu vas me faire tomber.

Mais leur manège effréné fit bien des tours avant de ralentir.

Elle finit à genoux et serra de ses deux bras la tête de son chien contre sa poitrine. Elle le couvrit de baisers, de caresses et des plus beaux mots d'amour, plus tendres encore que ceux que se réservent les amants retrouvés.

Et moi, qui entendais tout, je ne savais plus où me mettre. Je me sentais voyeur. Voyeur par les oreilles.

Heureusement, Laurence, l'entremetteuse en chef – qui, à partir de ses dossiers, formulait des hypothèses de binômes homme-chien en espérant qu'ils fassent la paire –, et Julie, l'éducatrice, arrivèrent. Elles m'emmenèrent dans une grande pièce vide où un chien attendait. Elles me le décrivirent : un labrador croisé golden, blanc sable avec des grands yeux en amande, des cils blonds, des oreilles caramel et une grande queue en panache. Du peu que je pouvais voir, il me semblait très beau, bien plus beau que celui de mes rêves...

Elles me confièrent une petite boîte de croquettes et un jouet, puis nous laissèrent seuls pour que nous fassions connaissance. Je l'ai un peu caressé, j'ai essayé de lui parler, de le cajoler, mais franchement, je ne l'intéressais pas beaucoup. À un moment, il m'a donné des petits coups de tête dans les cuisses, j'ai mis un peu de temps à comprendre qu'il avait dans sa gueule un gros nœud en chiffon et qu'il voulait jouer. J'ai lancé et relancé le chiffon. Il me l'a toujours rapporté, mais sans aucune excitation, plutôt comme un grand dadais adolescent triste s'excusant de vouloir jouer aux billes.

Ces dames sont venues nous rejoindre.

— Tout va bien ?

— Oui.

— Vous avez déjà fait du harnais ?

— Non.

— Eh bien, vous allez essayer.

Et, je me suis retrouvé dans la rue, le chien à ma gauche, l'étrier et la laisse en main, Julie à mon épaule droite et la directrice à quelques mètres derrière nous. J'étais comme le petit garçon qui monte pour la première fois sur un vélo et qui ne sait pas qui va l'emporter : la peur de la chute ou l'appel de la liberté ?

Après un premier tour peu glorieux, la directrice entama un débriefing.

— Ne vous inquiétez pas, vous allez apprendre. Aujourd'hui, nous voulions simplement vérifier si le gabarit du chien correspondait à votre physique, et s'il vous plaisait. Quelles sont vos impressions ?

— Euh... très bonnes.

— Le chien vous plaît ?

— Oui, oui, beaucoup.

— Nous vous l'avons choisi clair, car comme vous avez encore un peu de micro-vision, vous pourrez le repérer plus facilement, surtout la nuit.

Machinalement, j'avais laissé ma main courir dans la fourrure du chien, et soudain, j'entendis celui du marché : « N'aie pas peur, je suis là pour toi. » Les larmes m'en montèrent aux yeux.

— Oui, c'est parfait, parfait. Je vous remercie.

— Sa vitesse de marche vous convient ?

— Oui, oui.

J'aurais répondu oui à tout. J'aurais marché à quatre pattes à côté de lui, si nécessaire. Il me plaisait tellement. J'en tremblais de l'intérieur et j'espérais que ça ne se voyait pas trop.

Seule ombre au tableau : serait-il vraiment là pour moi ? Pour le moment, je lui étais complètement indifférent. Il n'avait d'yeux que pour son éducatrice. Cela dit, je le comprenais fort bien. Entre une belle jeune fille rousse, vive et alerte, et un homme déjà grisonnant qui se cogne dans toutes les portes… à sa place, je n'aurais pas hésité une seconde.

8

De retour au chalet, Monty s'affala de tout son long sur sa couche et put enfin laisser s'échapper un long et profond soupir. Ses deux compagnes, ivres de curiosité, tournaient autour de lui en battant de la queue.

— Alors, alors ? Raconte...

Monty lâcha un autre soupir encore plus déchirant.

Muscade se coucha langoureusement contre lui et lui mordilla gentiment l'oreille.

— Dis-moi. Comment il est ?

— Je sais pas.

— Comment ça, tu sais pas ?

— Bon... je crois qu'il est pas méchant.

— Manquerait plus qu'il morde ! ironisa Maga.

— Il est tellement empoté, mais empoté ! Ça m'inquiète pour la suite.

Maga reprit d'un ton neutre :

— Tu sais, faut pas t'en faire, rien n'est définitif. Regarde, moi, par exemple, j'ai déjà été placée et au bout d'un mois, ma maîtresse m'a rendue, elle trouvait que j'étais trop remuante, pas assez obéissante. En réalité, c'est elle qui était une vraie chiffe molle, métro-boulot-dodo, que de la routine ! Alors, je suis revenue ici. Et demain, j'ai moi aussi une présentation.

— Enfin, n'oubliez pas qu'on doit passer d'abord trois week-ends chez eux. Juste pour voir si on les supporte.

De nouveau, Monty soupira de toute son âme.

— Ah, ah ! non ! C'est trop d'émotions. Moi, ça me donne faim. Quelle heure est-il ?

— Croquettes moins le quart ! annonça Muscade.

9

De nouveau, j'ai senti la terreur m'envahir. Monty devait venir chez nous. Et s'il ne s'y plaisait pas ? Pendant quinze jours, j'ai inondé Stéphanie de mon stress et de mes innombrables questions. Que faire pour qu'il se sente bien ? Où dormira-t-il ? Sur quoi ? Comment le distraire ? Une razzia dans une animalerie de grand renom nous rassura plus ou moins.

C'était l'événement, la révolution.

Julie, l'éducatrice, arriva avec Monty. Elle lui fit visiter la maison, le jardin. Elle nous abreuva de conseils. Et puis, elle s'en alla. Et nous nous trouvâmes, pour la première fois, seuls tous les trois.

Malgré le trac, j'étais fou de joie. Comme on le fait avec les nouveau-nés, nous sommes allés présenter Monty à nos meilleurs amis. Ils l'ont tout de suite adoré. Contrairement à nos inquiétudes, le chien ne s'est pas jeté sur leur chat, qui, resté mollement installé au faîte du canapé, lui a témoigné un très aristocratique mépris. Quand on est un british shorthair, on sait tenir son rang. Rien ne s'opposait donc à ce que Catherine et Roger acceptent avec enthousiasme de devenir ses parrain et marraine. Champagne !

Objectivement, tout s'est plutôt bien passé. Sauf le dernier jour.

Monty a posé sa balle aux pieds de Stéphanie. Mais Julie avait été formelle : pour que la relation entre le chien et moi se renforce rapidement, pendant les trois premiers mois, il ne devait avoir affaire qu'à moi, pour la nourriture, la promenade et les jeux. Alors, bien qu'elle en meure d'envie, Stéphanie a refusé l'invitation. Monty est parti bouder sur son tapis, Stéphanie dans le canapé. Et moi, au milieu des deux, j'étais l'imbécile de service...

Les dimanches soir, nous devions ramener Monty à l'école. C'était déjà comme abandonner notre petit garçon au pensionnat.

Et dès le lundi, je m'ennuyais de lui.

Mais lui, qui venait de retrouver ses copains, pensait-il à moi ?

10

Au chalet, les retrouvailles étaient joyeuses. Muscade racontait :

— Moi, c'était super ! Ma future maîtresse m'a préparé un tas de jouets. Un gros os en peau de buffle et le dernier Kong en date, avec des friandises cachées dedans.

Monty enchaîna :

— Moi, j'ai un jardin. J'ai pu courir comme un fou et même faire un trou dans un coin. Personne ne m'a vu.

Puis vint le tour de Maga :

— Moi, mon nouveau maître est jeune et sportif. Ça me plaît. Et il habite au-dessus de la boutique de son père, qui est boulanger-pâtissier. Ça sent trop bon.

Muscade releva son joli museau.

— Tu as eu des gâteaux ?

— Mais non ! Tu sais bien que nous sommes tous au régime.

— Ça doit être un vrai supplice.

— Oui. Ça sent tellement bon que ça me met tout le temps l'eau à la bouche. Alors, ils disent que je bave... C'est pas juste... Je bave pas, je salive.

Ses deux compagnons opinèrent silencieusement.

Maga reprit :

— Vous avez dormi où ?

— Moi, dit Monty, ils m'avaient mis dans le salon. Ça ne me plaisait pas, alors, la nuit, discrètement, j'ai pris ma couverture dans la gueule, et je me suis mis dans le couloir, au milieu de toutes les portes. De là, au moins, je pouvais surveiller tout ce qui se passe...

— Ils n'ont rien dit ?

— Si, ils m'ont remis à la même place. Mais la nuit d'après, j'ai fait la même chose...

— Et alors ?

— Alors, on verra... Un golden, c'est têtu...

— Quant à moi, frétilla Muscade, j'ai squatté le canapé, mais dès que j'ai entendu du bruit, je suis retournée dans le panier qu'elle m'avait préparé. Ni vu ni connu.

Ça, c'était vraiment bien joué !

Les chiens firent quelques roulades pour saluer cette bonne blague.

Puis Monty se rassit, très droit, très digne, et prit ses deux amies à témoin :

— Vous savez que la femme de mon maître n'a pas le droit de s'occuper de moi. Mais j'ai bien vu qu'elle en mourait d'envie... Alors, je vous pose cette question : si elle tombe amoureuse de moi, deviendra-t-elle ma maîtresse ?

11

SOUVENT, dans l'école, j'étais passé devant un bâtiment au nom mystérieux : la « maison des remises ». C'était le lieu tant convoité, notre « Poudlard », où l'on apprenait à devenir maîtres magi-chiens.

Et voici qu'enfin, après deux ans d'attente, j'y étais admis… Quinze jours d'internat, à mon âge, était-ce raisonnable ?

En grand angoissé, j'étais arrivé avec une bonne heure d'avance. Julie en profita pour me faire découvrir la maison en me la décrivant avec précision. Je le savais, c'était le moment ou jamais d'avoir la mémoire vive. À gauche en entrant, deux rangées de patères, l'une basse pour les harnais et les laisses, l'autre à hauteur d'homme pour nos manteaux et vestes. Un coffre de chiffons et serviettes pour essuyer les pattes des chiens, une table de soins, un panier de jouets. À côté de l'escalier, les toilettes. Face à nous, un confortable coin salon avec canapé et bons gros vieux Chesterfield tout droit sortis d'Emmaüs. Sur la droite, une large porte ouvrait sur une vaste cuisine réfectoire. Julie me fit un inventaire encore plus précis de la pièce. Dans le coin droit, une montagne de seaux de croquettes de toutes sortes et, à côté, une petite table sur laquelle étaient posées des gamelles et une balance parlante. Face à moi, une grande table ovale avec bancs et chaises. Dans mon dos, un long plan de travail avec placards hauts et bas remplis de tous les ustensiles et denrées nécessaires.

Nous montâmes à l'étage. C'était basique. Un couloir desservait quelques chambres, des toilettes, une salle de bains. Ma chambre était au fond à gauche.

La visite terminée, nous redescendîmes dans la grande salle. Julie m'annonça qu'une autre stagiaire devait partager avec moi cette session, mais elle était très en retard. Je souris intérieurement : une autre forme d'angoissée ?

Julie s'excusa de devoir retourner l'attendre à l'accueil. Resté seul, confortablement calé dans le canapé, je m'imprégnai des lieux. C'était si étrange... D'abord cette odeur, prégnante, curieux mélange de chien mouillé et de cantine scolaire. Et puis ce calme, ce silence, à la fois lourd et léger, comme si le temps n'existait plus. Pourtant, la maison était située au milieu des chenils. Trente chiens-élèves vivaient là. À moins que ce ne soit précisément leur présence qui créait cette douce atmosphère de paix et de bien-être. Tellement douce et apaisante que je m'endormis avant même que de réfléchir à la question.

12

Un grand « bonjour ! » lancé à la cantonade d'une voix joyeuse et sonore rebondit en écho sur les murs vides et me fit sortir de ma torpeur.

Au bras d'un grand costaud, la nouvelle arrivée s'excusa d'être en retard.

— Ce n'est rien, la rassurai-je en me levant pour la saluer.

Julie fit les présentations :

— Monsieur Hervé Dubois, je vous présente madame Lisa Doré, et réciproquement. Voici également Thibault, l'un de nos éducateurs, qui va travailler avec nous pendant votre séjour.

Après les politesses d'usage et quelques banalités météorologiques, Julie reprit la parole.

— Bienvenue à tous les deux. Nous allons donc passer deux semaines ici ensemble. L'objectif est de vous enseigner tout ce qui concerne le guidage d'une part, et, d'autre part, tout ce qui a trait à la vie quotidienne de votre futur chien. Comment le nourrir, le soigner… Dans la journée, nous travaillerons en extérieur ; en soirée, vous aurez des cours théoriques. Vos repas vous seront préparés ici. Et la nuit, vous dormirez avec votre nouveau compagnon. Et si tout va bien, vous repartirez avec lui dans quinze jours. Évidemment, c'est notre but à tous. Nous sommes là pour vous aider, pour répondre à toutes vos questions quelles qu'elles soient. Vous en avez ?... Non ? Alors, nous allons pouvoir commencer. Attendez-nous ici. Nous allons vous ramener vos chiens.

Dès que la lourde porte d'entrée fut refermée, Lisa me dit en imitant le ton de l'éducatrice :

— Vous avez entendu, cher monsieur ? Le vouvoiement est de rigueur !

— Technique de distanciation. Il ne faut pas qu'il y ait trop d'affectif entre le professeur et l'élève.

— Nous aussi, il faut qu'on se *distanciationne* ?

Dans l'instant, j'avais adoré la franchise et l'énergie de la remarque. Ma réponse fut directe.

— Je n'y tiens pas, j'ai le tutoiement naturel. Et puis, chère madame, il faut toujours se méfier des aveugles trop polis.

— Pourquoi ?

— Ils *vous* voient.

Lisa marqua un petit temps et reprit :

— Ah ! si ça démarre comme ça !

Elle se tut, mais je sentais bien qu'elle faisait des petits gestes.

— Eh bien, Hervé, tu ne sais pas lire le langage des signes ?... Évidemment, au royaume des muets, les aveugles sont sourds !

Je ris :

— Ah ! Oui, oui, oui, vous aussi vous aimez faire l'humour.

— L'humour noir surtout. Pour nous, ça s'impose.

On s'amusait bien et notre bonne humeur fut décuplée par l'arrivée tonitruante des chiens. Monty, totalement surexcité, et Muscade, une petite retriever *flat-coated* noire dont on aurait dit qu'elle était montée sur ressorts.

Julie, après avoir calmé les chiens, annonça :

— Nous allons vous montrer comment équiper les chiens, et puis nous ferons une première sortie.

Enfin, le rêve devenait réalité. J'allais apprendre le premier geste, le tour de magie fondateur : passer la tête du chien dans le harnais sans lui heurter le museau, ni laisser retomber sur son dos l'étrier de métal, puis passer la sangle sous sa poitrine. En un clic de clip, ce gros toutou turbulent se métamorphoserait alors en un sublime chien d'élite.

Mais, contrairement à ce que l'on pourrait croire, la magie, ce n'est pas magique. Comme pour bien d'autres domaines, elle exige un peu de don et beaucoup, beaucoup de travail. Le travail ne me faisait pas peur, mais le don...

Après cette première journée, je m'en sentais totalement dépourvu et j'en revendiquai secrètement ma part à Dieu.

— Ça a été, toi ? me demanda Lisa, alors que nous nous écroulions dans les fauteuils

— Une vraie catastrophe... Sur les cinq ordres de base, « assis », « debout », « couché », « devant »,

« recule », il n'y en a pas un qui marche. Au bout de trois ou quatre fois, il daigne, peut-être, s'il en a envie, s'exécuter. Et, le plus rageant, c'est que quand Julie arrive et lui dit : « Assis ! », toc ! il s'assoit au garde-à-vous, comme à la parade.

— Tu sais, moi, j'ai pas réussi à l'appeler par son nom. C'est toujours Bali, le nom de mon premier chien, qui me venait.

— Eh bien, je vais te dire, c'est pas gagné !

De leur côté, les deux chiens couchés, museau contre museau, se soufflaient leurs impressions.

— Je crois que j'ai tiré le gros lot ! confia Monty à Muscade. Il bredouille, bafouille, cafouille, patouille, m'embrouille. C'est simple, je ne comprends rien à ce qu'il dit : « Assis-assis-ah-s'il-te-plaît-mon-chien-assis. » Julie, au moins, elle parle clair, en accentuant bien la première syllabe et en les séparant réellement : « A-ssis, de-bout, cou-ché ! » Je te le dis, en plus d'un non-œil, ils m'ont refilé un neuneu !

— Ne m'en parle pas. La mienne, elle n'est même pas foutue de m'appeler par mon nom ! Je sais même pas à qui elle parle !

— Eh bien, je vais te dire, c'est pas gagné !

13

CHRISTIAN, le garçon qui nous avait préparé à dîner, était charmant et la conversation emmenée par Lisa toujours aussi savoureuse : langue à la sauce piquante, bavette bien taillée accompagnée d'anecdotes gratinées et de salades folles, bonnes tranches de rigolade et douceurs aux fruits de la passion. Le repas terminé, je les laissai débarrasser leurs souvenirs : ils s'étaient connus douze ans auparavant, lors de la remise de Bali à Lisa.

La journée m'avait mis en miettes, la conversation ne me passionnait pas. Pourtant, je me sentais incapable de bouger. N'était-ce que par un excès d'épuisement ?

Communément, il est admis que dans l'étrange monde des malvoyants, la voix est le point de repère primordial pour la rencontre avec l'autre. Ce n'est pas faux, car si les mots mentent, il est moins facile de tricher avec la voix. Si les paroles les plus affables peuvent raconter des fables, la voix, à un moment ou un autre, révèle toujours, à l'insu de son locuteur, qui il est ou comment il va.

Faut-il pour autant se vanter d'entendre des voix ? Il me semble qu'on en a brûlé pour moins que ça !

C'est pourquoi, les voix, moi, je les bois, je les déguste à l'aveugle. Celle de Lisa me subjuguait. Brillante, elle avait du corps, une élégance racée, des tonalités ardentes, avec toutefois ce qu'il faut de rondeurs. Elle avait de la bouteille, de la maturité, mais sonnait encore jeune. Discrets, mais très typés, ses accents tanniques évoquaient plus les pentes des faubourgs ou de la Butte-Rouge que les sages vallons des crus bourgeois. Mais ce petit excès de vivacité était équilibré par la persistance de magnifiques longues notes de grave. Cet assemblage de finesse chaleureuse, de légèreté épicée, de tendre générosité en faisait un incroyable cru, si exceptionnel que je le plaçai aussitôt dans les *musts* de mon grand guide *Parcœur* des voix, à côté de celles de Fanny Ardant et de Marlène Dietrich.

De fait, je n'avais plus qu'un désir : écouter et goûter encore, m'enivrer de ses paroles, vérifier si cette première impression était la bonne.

Et une petite voix intérieure me susurrait qu'un jour, je lui servirais les meilleurs vers de cristal, parmi ceux que je garde gravés au fin fond des chaix de ma mémoire.

Enfin, Christian annonça le couvre-feu et, totalement ivre de tant d'émotions, je montai me coucher.

Comment dire ? C'était une drôle de chambre, ni belle ni moche, ni grande ni petite, avec une vieille armoire, un vieux lavabo et dans un coin, un grand panier à chien.

Le lit était un peu trop bas, un peu trop mou. En revanche, c'était très bien chauffé.

Je ne dormis pas bien. Le chien non plus. Sa présence m'intriguait, et *vice versa* sans doute. Il ne se sentait pas à l'aise dans son panier. Il entreprit donc de tout déménager, son coussin, la couverture, et de chercher une place pour s'installer. À chaque fois, le bruit de ses griffes sur le carrelage, tout son petit remue-ménage, ses longs soupirs m'éveillaient. Et, à chaque fois, je me demandais combien nous avions pu être dans cette chambre, hommes et chiens, aussi étonnés l'un que l'autre de cette nouvelle promiscuité forcée. Finalement, Monty cala son corps le long du lit à mon côté. Allongé sur le ventre, je laissai nonchalamment tomber mon bras et trouvai sa fourrure. Je fus surpris par la taille et la robustesse de son corps. J'appuyai ma main sur son flanc soyeux et, sous ma paume grande ouverte, je sentis battre son cœur.

Un petit garçon solitaire s'est blotti au milieu de ses chiens… Il leur confie ses chagrins. Pelotonné contre eux, il finit par s'endormir.

Noiraud, Jim, Malabar… Leurs noms me reviennent…

Et toi, Monty, est-ce que tu sauras aussi me consoler et m'éviter les mauvais rêves ?

14

La deuxième journée fut consacrée à appréhender un certain nombre d'obstacles types qui étaient modélisés dans la cour de l'école. Par la suite, nous irions nous y confronter dans le monde extérieur, avec les bruits, les odeurs, les imprévus, tout ce qui distrait les chiens et nous, par la même occasion.

Le soir, avant de nous quitter, Julie et Thibault nous expliquèrent comment brosser nos chiens. Ça, au moins, c'était simple !

Avec enthousiasme, Lisa fit grimper sa chienne sur la table de soins et s'attela à la tâche en couvrant Muscade de compliments et de mots doux.

Je m'approchai d'elles :

— C'est ce qu'on appelle passer la brosse à reluire !

— Très fin ! Tu voudrais tout de même pas que je l'étrille dès le premier jour ?

Et vlan, un point pour elle. Je repris d'un ton plus neutre :

— T'en es où, toi ?

— De quel point de vue ?

— Du point de vue de la vue.
— Il me reste des perceptions lumineuses. Et toi ?
— De jour, des formes. La nuit, quasiment rien, et des éblouissements à chaque phare de voiture qui passe.
Lisa tapota la croupe de sa chienne.
— Bon, je crois que c'est bien. Allez, Muscade, descends ! Hervé, tu veux que je te prête ma brosse ?
J'acceptai et commençai à brosser Monty avec application. Timidement, je m'enhardis à poser enfin la question qui me turlupinait depuis un certain temps :
— Dis-moi, toi qui as déjà eu un chien guide : entre la canne et le chien, qu'est-ce que tu préfères ?
— Moi, j'ai toujours détesté la canne, donc mon choix a été vite fait.
— Tu me rassures.
Lisa se prit à mimer la marche avec la canne :
— Toc, toc, toc, paf, un obstacle ? Qu'est-ce que ça peut être ? Un poteau ? Toc, toc, toc, paf, un autre ? Ah ! un scooter. Toc, toc, une poubelle. Toc, toc... Ah ! le bord du trottoir. Alors qu'avec le chien, zioup, zioup, plus d'obstacles, rien à faire, juste le laisser faire. Et surtout, tu te débarrasses de toutes les bonnes consciences qui viennent à ton secours alors que tu n'as rien demandé.
— Ça, c'est l'horreur, appuyai-je.
— Surtout quand t'es une nana : « Laissez-moi vous aider, mademoiselle. » Et hop ! que je te serre un peu trop ; et hop ! une main au cul.
— J'y crois pas...

— Mais si. Et bien plus souvent que tu ne l'imagines. J'en suis au point que je ne prends plus jamais le métro toute seule ; et le bus, seulement si j'y suis obligée.

J'en étais tétanisé, la brosse suspendue dans ma main droite et une énorme pelote de poils dans la main gauche. Je décidai de ne pas m'appesantir.

— Y a pas longtemps, dans le métro, je suis tombée sur deux évangélistes, deux petites nanas qui m'ont pris par le bras et m'ont baratinée avec un accent black pas possible : « Jésus nous aime… » « Il faut prier… » « Il va te guérir… » « Si tu veux, on va prier avec toi… » Alléluia ! OK, je leur ai dit, alors, emmenez-moi direction Porte de la Chapelle, c'est là que je vais, ça me paraît idéal !

— Bien vu ! Ligne 12, comme les apôtres : un signe !

J'avais fini de brosser le chien, mais il se collait contre moi pour que je continue à le cajoler.

— Le pire, reprit Lisa, c'est l'été, quand on a les bras nus. Dès qu'un inconnu me touche, c'est le grand déballage. Je lis en lui comme dans un livre ouvert.

— Pour moi, c'est pareil. Un simple contact sur un bout de peau, et j'entre en eux par effraction, alors que je n'ai rien demandé. Je ne vois pas leur apparence, mais je vois tout le reste et eux, bien sûr, ne s'en doutent pas. Parce que c'est moi l'aveugle. Ça me met tellement mal à l'aise.

Lisa poursuivit :

— Ils nous font traverser, et nous, sur le trottoir d'en face, on se retrouve avec leur anxiété, leur désir, leur timidité, leur compassion ; parfois, heureusement, leur énergie. Mais tout ça, on n'en veut pas. On ne veut pas être envahi par l'autre.

— Et en plus, il faut dire merci !

— Oui. Alors tu verras, avec le chien, tout ça, c'est fini. Même quand ils viennent te demander si tu as besoin d'aide, ils ne te regardent pas. Ils ne te touchent pas. Ils ne voient que le chien, et toi, tu restes bien pénard à l'intérieur de toi-même.

Je rendis la brosse à Lisa.

Nos mains s'effleurèrent et restèrent l'une contre l'autre un peu trop longtemps. Il faut dire que, pour deux malvoyants, échanger un regard, c'est une vue de l'esprit. Aussi ce délicat jeu de paume était-il pour nous le seul moyen de redevenir un homme et une femme qui, pour la première fois, osent se regarder les yeux dans les yeux. Et qui cherchent à deviner s'ils pourraient aller plus loin, les yeux dans les cieux.

Moi, quand j'ai retiré ma main, je savais.

15

Le lendemain, il pleuvait à verse. À peine étions-nous sortis que Lisa nous lança une de ses formules chocs dont elle avait le secret :

— On n'y voit goutte, mais on se fait mouiller quand même. C'est pas juste !

Pour que nous restions un peu à l'abri, nos éducateurs nous emmenèrent dans un grand centre commercial. Ils nous firent beaucoup bosser, notamment l'évitement des personnes et les montées et descentes d'escalator.

Puis Julie nous a fait un cours théorique sur les « besoins ». Nos chiens avaient été habitués à les faire dans les caniveaux. Un coup de tête énergique vers la rue serait le signal. À nous de le comprendre. Première précaution : vérifier qu'à cet endroit, nous n'étions pas sur une voie rapide, mais au contraire sur un côté de rue avec stationnement, de façon que les voitures garées protègent le chien pendant ce petit moment intime. S'il n'y avait pas de danger, faire asseoir le chien, dédoubler la laisse de façon qu'il puisse aller sur la rue sans que nous descendions du trottoir, puis ramasser. Puis, reprendre le chien, raccourcir la laisse, trouver une poubelle en lui demandant simplement : « Cherche la poubelle. »

Lisa protesta :

— C'est ça. Nous, il faut qu'on ramasse, mais en plus, comme on n'y voit pas, on marche dans celles que laissent les autres. C'est la double peine !

Julie insista :

— Madame Doré, beaucoup de gens en ville ne supportent pas les chiens, donc vous devez être exemplaire. Handicapé ou non.

Dans l'après-midi, Thibault m'apprit le maniement du sac et m'entraîna au ramassage avec des cailloux. On continuerait demain.

Pendant le dîner, on s'est résumé nos vies. Coïncidence, nous étions dans la même situation : chacun remarié depuis dix ans avec un fils unique de 23. Seule différence notoire : Lisa avait quinze ans de moins que moi, et ça, sur le coup, ça ne m'avait pas fait rire du tout.

Le temps vira à la tempête. Christian nous quitta pour aller rejoindre un collègue animalier afin de faire le tour des chenils pour vérifier que les chalets tenaient le coup et que les chiens n'étaient pas trop anxieux.

D'habitude, dans les romans ou dans les films, quand le héros et l'héroïne se retrouvent enfin seuls, c'est dans un bar cosy, devant un cocktail au nom encore plus exotique que son contenu : Blue Lagon, Cuba libre, Manhattan, Alaska, Paradis...

le tout arrosé d'une musique sirupeuse. Mais nous, ce soir-là, nous étions mal assis dans une cuisine blafarde, accoudés sur une table Ikea style Ypperlig ou Svenbertil, devant deux bols en Pyrex où trempouillait un sachet d'une tisane quelconque.

Dans la réalité, le décor a-t-il tellement d'importance ? Pour les voyants peut-être, mais pour nous, non. Ce qui importe avant tout, c'est ce que nous respirons de l'autre.

Je me lançai :

— Excuse ma franchise, Lisa, mais j'ai l'intime conviction que tu es très, très jolie.

— N'importe quoi, je suis un gros éléphant.

— Un éléphant avec un déplacement de ballerine et des fragrances de Fragonard.

Lisa ne se démonta pas :

— Tu as oublié que le plus célèbre d'entre eux, Dumbo, volait. À ce propos, il faut que tu saches, j'ai de très grandes oreilles. Quant au parfum, je m'en asperge régulièrement avec ma petite trompe. Pschitt...

— Je veux bien te croire, mais explique-moi pourquoi tous les hommes que l'on a rencontrés depuis deux jours ont la voix qui se mue en violoncelle dès qu'ils t'adressent la parole.

Lisa avala une grande gorgée de sa tisane.

— OK, OK, j'avoue ! Il paraît que je suis canon. D'ailleurs, ça fait partie de mon problème. Une aveugle ne peut pas être une jolie fille, ou plutôt l'inverse, une jolie fille ne peut pas être aveugle. C'est trop contradictoire, trop inadmissible. Un jour que j'étais sur une terrasse de café en plein soleil, un gars est venu me draguer. J'ai laissé faire, il me plaisait bien... Quand je lui ai dit que mes Ray-Ban n'étaient pas là que pour faire joli, il ne m'a pas crue. « Non, tu déconnes ! » Et quand j'ai voulu retourner à l'intérieur du bar, je lui ai demandé si la porte était ouverte ou fermée. Il m'a répondu « ouverte » ; elle ne l'était pas et je me la suis prise en pleine gueule. J'ai eu mal, très mal. J'ai dégagé le mec sous un flot d'injures, toutes celles que j'avais coincées dans le gosier depuis des années, de trop de vexations, tout le temps, pour rien... Enfin si, toujours pour la même chose... Il a fini par se barrer avec sa petite queue basse entre ses pattes de bâtard. Quand j'ai senti qu'il était vraiment loin, je me suis mise à pleurer, beaucoup pleurer, beaucoup trop pour un tel connard. Je m'en veux encore.

Elle se tut.

Ému, je sortis de ma poche mon remède universel :

— Tu veux un Chocoletti ? J'en ai fait un stock pendant les exercices au supermarché.

Lisa accepta avec entrain.

— Tu sais que pour un mec, t'es plutôt dans la catégorie supérieure. Elle a de la chance, ta femme.

— Je crois que c'est plutôt l'inverse. Tu te rends compte du dévouement quotidien qu'il faut pour vivre avec nous ?

— J'y pense tout le temps et je me demande ce que nos chéris nous trouvent, surtout qu'ils n'ont qu'à ouvrir les yeux. Ils ont l'embarras du choix.

À mon tour, je pris quelques chocolats. Il paraît que c'est excellent pour nourrir la réflexion.

— Peut-être qu'à des voyants éteints, ils préfèrent des malvoyants lumineux.

— Peut-être...

Le téléphone vibra dans ma poche. Je savais que c'était Stéphanie. Je m'excusai et montai dans ma chambre pour la rappeler. Je la sentais inquiète, alors je ne lui parlai que des hauts et pas des bas.

Un peu plus tard, Lisa rentra dans sa chambre en chahutant avec Muscade. J'étais effaré. La cloison devait être en carton-pâte, car j'entendais tout, leurs mouvements, les halètements de la chienne, les battements de sa queue contre les meubles. Le lit grinça. Lisa tout en cajolant sa nouvelle compagne finit par lui faire ses confidences :

— Tu sais, mon prince charmant, Bertrand, m'appelle sa belle aux yeux dormants. Mais il a beau m'embrasser les paupières, je ne puis les rouvrir. Saloperie de sorcière : elle connaît l'histoire, elle a changé le sortilège. Elle ne veut plus que je me voie dans un miroir, elle ne veut pas que je sache si je suis bien toujours la plus belle. Et ça marche, il y a bien dix ans que je ne me suis pas vue. C'est simple, je ne sais même plus à quoi je ressemble... Ni si je pourrais me reconnaître. Miroir, tu peux te casser, y a rien à voir. Dis-moi Muscade, ma belle Muscade, suis-je toujours la plus belle, ou du moins pas trop mal ? Merde, alors... ?

16

Au petit-déjeuner, je glissai comme si ça n'avait aucune importance :

— Lisa, tu sais quoi ? Monty, il ronfle ! Ça m'a presque empêché de dormir.

Aujourd'hui encore, je ne suis pas très fier de ce coup-là. Accuser ce pauvre chien sans défense par pure coquetterie masculine... objectivement, c'est moche ! En même temps, des cloisons aussi minces dans des chambres de malvoyants, c'est un peu comme des parois de verre dans le monde des voyants.

La journée fut consacrée à l'apprentissage du métro. J'allais de surprises en émerveillements. Pour commencer, nos chiens, sur une grande place inconnue, étaient capables, sur le simple ordre : « Cherche le métro ! », d'en trouver l'entrée. Par quel miracle ? Escaliers, portes, tourniquets de sécurité n'étaient pour eux que de la routine. Sur le quai, ils pouvaient nous indiquer un siège libre en posant leur tête dessus. Et, quand la rame arrivait, ils savaient nous trouver les portes, nous faire monter dedans et, de nouveau, trouver un siège libre. À deux reprises, je dus demander de faire une pause. J'étais submergé par trop d'émotions nouvelles, j'aurais voulu qu'on me laisse seul dans mon coin pleurer un bon coup et remettre de l'ordre dans mon grand charivari intérieur. Mais il fallait avancer. Je le savais. Je fis de mon mieux.

Le soir, les chiens endormis à nos pieds, Lisa et moi, nous sommes retrouvés tous les deux devant la même tisane insipide, à ceci près que j'avais dégoté des petits gâteaux secs que nous trempions rêveusement dans nos bols.

Je finis par rompre le silence.

— Tu ne t'es jamais demandé *pourquoi moi* ?

Lisa s'agita.

— Pourquoi ? Pourquoi moi ? Pourquoi toi ? Pourquoi ça ?... Non. Pas de ça pour moi. Ma sœur est malvoyante et ma grand-mère l'était aussi. Alors, miro, c'est de famille, comme être blonde ou brune. J'ai juste pensé que, miro, c'était pas de bol.

Je finis de lécher une langue de chat.

— Eh bien, moi, ça m'a obsédé pendant des années. D'abord, j'ai pris cela pour une punition du ciel. Jeune homme, j'étais très brillant. Tout me réussissait, les études, la musique, les filles... J'étais un vrai premier de la classe, avec les grosses lunettes, d'accord, mais sans les boutons.

— Comme le blond de Gad Elmaleh !

— Oui, c'est ça. Bien arrogant, presque suffisant. Alors, quand ça m'est tombé dessus en pleine préparation des grandes écoles, j'ai pensé que c'était une leçon de la vie pour me ramener aux choses essentielles.

Lisa m'interrompit :

— Si tous les petits prétentiards devaient être transformés en malvoyants, ça ferait du monde !

— Oui. D'ailleurs, j'ai fini par me dire que ce ne pouvait pas être la seule raison, alors j'ai continué à chercher plus loin et j'ai bossé avec une psycho-généalogiste.

— Je ne vois pas... m'interrogea Lisa.

— Je t'explique. On recherche dans l'histoire familiale si un de tes ancêtres a subi un trauma tel que celui-ci s'est en quelque sorte imprimé dans ses gènes et que, au bout du compte, tu en hérites.

— Merci du cadeau ! ponctua-t-elle.

— Donc, pour moi, on a cherché si un de mes ancêtres avait pu être témoin de telles horreurs que le simple fait de voir lui soit devenu insupportable. Je savais que mon grand-père maternel était mort à la guerre de 14-18. J'ai fait des recherches. Effectivement, il avait fait Verdun, les tranchées, les corps à corps. Un poilu, parmi des milliers d'autres, enterré quelque part là-bas. L'horreur... Mais, curieusement, cela ne m'a évoqué rien d'intime, rien de lié à mon histoire personnelle.

« Alors, on a cherché du côté paternel. Et là, ç'a été plus difficile, car mon père, à mon avis, ma mère ne l'a pas beaucoup connu, et moi encore moins. Je suis un bâtard, ou un enfant de l'amour, c'est selon...

— Ah ! je suis déçue. Je pensais que vous aviez de la branche, monsieur du Bois de la Jonquille !

— Non. À mon niveau, c'est plutôt de la brindille ! Ce que je savais, c'est que ma mère, morte de honte, ne voulait pas qu'on sache qu'elle avait fauté. Toute sa grossesse, elle s'est serré le ventre. *Ne pas se faire voir, ne pas être vue.* Elle a raconté qu'elle avait un fibrome. *Ne pas se faire voir, ne pas être vue.* Elle est partie accoucher en province, au prétexte de je ne sais quel voyage… *Ne pas se faire voir, ne pas être vue…* Et, à 9 jours, je me suis retrouvé chez la grand-mère qui m'a élevé. Mais, pendant neuf mois, le petit fœtus que j'étais, du fond de cette mère agitée, n'avait perçu et gardé pour mantra que : « Ne pas voir, ne pas être vu. Ne pas voir, ne pas être vu… » Et là, cette fois, ça a résonné en moi. Un vrai boum. Même si je ne parviens pas à l'expliquer mieux, je sais que c'est l'origine de tout.

Lisa fit légèrement claquer son bol en le reposant.

— Mais ça ne t'a pas guéri.

— Non, pas du tout. Ça a même continué. À chaque fois dans ma vie que je montais une marche, que j'allais être en vue, la maladie m'en remettait une couche. « Ne pas voir, ne pas être vu. »

— Mais alors, à quoi ça t'a servi tout ça ?

— D'abord à accepter. Je suis beaucoup plus en paix avec moi-même, c'est mon histoire. Et puis, il paraît que grâce à ce travail, on peut déprogrammer les fameux gènes funestes. Ainsi, peut-être mes descendants seront-ils libérés du mauvais sort…

Lisa ironisa :

— Tu crois qu'il faudrait que je recherche chez mes ancêtres pour savoir qui a été le premier aveugle ?

— Pourquoi pas…

— On sera peut-être obligé de remonter jusqu'au massacre de la Saint-Barthélemy !

17

APRÈS le déjeuner, nous avions droit à une pause. Lisa était montée dans sa chambre, tandis que, affalé dans un des gros fauteuils du salon, je goûtais le silence, notre pénombre à nous. Je me berçais de la respiration régulière du chien assoupi à côté de moi. Non, ce n'était pas une illusion, il était bien là, réel, en poils et en os. Quelle incroyable aventure !

Soudain, il entreprit de faire sa toilette. Au milieu des grands coups de langue et de truffe, j'entendis une petite voix :

— Dis donc, je trouve que tu n'es pas très au point. Il faudrait que tu bosses un peu, tu ne crois pas ?

Je finis par me relever et, tout en mimant les situations, je me parlai à moi-même :

— Le bus. L'ordre, c'est : « Cherche le bus. » Puis : « La porte » ; je valide, à droite mon passe, à gauche dans le couloir ; puis : « Cherche le siège... » L'Escalator. Le chien marque l'arrêt sur le seuil en métal. L'ordre, c'est : « Devant. »

En même temps, je prends la rampe, je lâche l'étrier et je ne garde que la laisse ; il faut que le chien ait de l'aisance pour sauter à l'arrivée et ne pas se prendre les pattes dans les dents de la grille qui dévore l'escalier roulant. Le tourniquet du métro...

Muscade déboula l'escalier et se rua joyeusement sur Monty.

Sa maîtresse la suivait, mais beaucoup plus précautionneusement.

— Qu'est-ce que tu fais ? me demanda-t-elle.

— Je révise. Au bout de cinq jours, Monty commence à m'écouter, mais moi, je mélange tout. Il y a tellement de protocoles à retenir.

— C'est normal. Au début, c'est comme ça. Tu veux boire un café ?

Je la suivis dans la cuisine. Avec une dextérité incroyable, elle introduisit une capsule dans la machine.

— Bali, il était formidable, je pouvais tout lui demander. Il comprenait toujours. Je ne sais pas si je retrouverai cette complicité avec Muscade. Ici, ils disent que le premier chien, c'est toujours à part.

— Qu'est-ce qu'il s'est passé ?

Elle posa deux tasses sur la table.

— Il s'est passé, il s'est passé, ce qui arrive à tout le monde : il a vieilli. À partir de 8 ans, il y a une visite obligatoire de contrôle pour tous les chiens. Et, l'année d'après, on m'a dit qu'il n'était plus apte, qu'il fallait qu'il prenne sa retraite.

— Tu n'avais rien vu venir ?

Lisa soupira :

— Pour être honnête, si. Quand je voulais lui mettre le harnais, il s'enfuyait à l'autre bout de la pièce. Comme il était du genre farceur, je me disais que c'était par jeu. Mais au fond, je ne voulais pas voir le vrai sens de ce refus.

— Une aveugle qui ne veut pas voir, ça fait beaucoup ! Et qu'est-ce que tu as fait ?

— L'école m'a proposé de lui trouver une famille d'accueil pour sa retraite et de me confier un nouveau chien guide. Mais moi, je ne voulais pas me séparer de Bali.

Au jugé, je raclais les derniers cristaux de sucre imbibés de café qui traînaient au fond de ma tasse.

— Tu ne pouvais pas prendre les deux ?

— J'y ai bien pensé, mais, chez moi c'est minuscule, et deux gros chiens... c'est pas pareil. À la fin, ça veut dire que le vieux reste enfermé seul toute la journée. Non, c'était vraiment impossible. Alors j'ai refusé l'autre chien et j'ai gardé Bali.

Je craignais avoir deviné la suite, mais je demandai quand même :

— Mais il ne pouvait plus te guider ? Comment tu as fait ?

— J'ai repris la canne.

— Tu as repris la canne !

— Oui. Le chien en laisse d'un côté et la canne de l'autre. Il a tout de suite tout compris. Pour ne pas me déséquilibrer, il marchait au pied, gentiment, sans tirer.

Je n'en croyais pas mes oreilles :

— Reprendre la canne, quel retour en arrière ! Je t'admire, tu sais.

— Après tout ce qu'il avait fait pour moi, je ne pouvais pas le larguer comme une vieille chaussette. Et le pire, c'est que, comme il n'était plus chien guide, je n'avais plus l'accessibilité qui nous est réservée. Je ne suis pas partie en vacances pendant trois ans.

— Tu sais que bien des gens n'en font pas autant pour leurs vieux parents. Ils les collent dans un Ehpad, et bye bye.

Lisa rétorqua, agacée :

— Les gens, ils font ce qu'ils veulent ! Ou plutôt, ce qu'ils peuvent, ça m'est égal. Moi, je ne pouvais pas rendre Bali.

— Ne sois pas modeste, c'est... c'est tellement... beau.

Il y eut un long silence.

— Et puis, il est mort.

Sa voix s'était brisée. Elle pleurait doucement.

D'instinct, je l'ai prise dans mes bras, et ça, je n'aurais peut-être pas dû. Je ne m'étais pas préparé à recevoir un tel choc. Une sorte d'éblouissement, d'évanouissement, d'épanouissement. Je ne me souviens plus de rien, si ce n'est que, quand Julie et Thibault sont venus nous chercher pour reprendre les cours, ils nous ont trouvés tendrement enlacés devant deux tasses à café vides.

C'est ainsi que naissent les plus folles rumeurs...

18

DANS la bourrasque et les averses, je venais de comprendre pourquoi on nommait les marchés de rue « marchés de plein vent ».

La foule, les autres chiens, les odeurs partout, les morceaux de nourriture au sol : je n'avais plus aucun contrôle sur Monty. J'avais même failli finir à plat ventre sous l'étal d'un volailler. Une semaine de stage pour rien. À mon côté, Julie se voulait rassurante. Pour un chien, c'était la situation extrême, avec énormément de sollicitations extérieures. De temps en temps, elle reprenait le harnais et, immanquablement, le chien se remettait dans son rôle de guide. La classe ! Ça m'agaçait, mais ça me montrait aussi que c'était possible.

Au retour, je m'écroulai dans mon fauteuil favori, les deux chiens à mes pieds et mes écouteurs enfoncés dans les oreilles. Penser à autre chose…

Muscade tirailla l'oreille de Monty :

— Tu crois qu'on va faire la désobéissance intelligente ?

— Peut-être.

— Ce genre de concept, ça me dépasse. Tu veux pas me faire réviser ?

Monty, qui était affalé sur le flanc, soupira et se remit en position de sphinx.

— Je veux bien, mais je suis sûr que tu sais. Prenons un exemple : tu es sur un trottoir ; ton maître derrière te demande d'aller devant. C'est tranquille jusqu'au moment où tu vois que vous ne pourrez pas passer. Des travaux, une grosse voiture mal garée, un tas de trottinettes éparpillées au sol… Les humains sont curieux. Ils construisent des voies surélevées pour les piétons, puis, ils inventent un tas d'obstacles pour les encombrer. Bref, tout est bouché et ton maître ne le sait pas. Tu fais quoi ?

— Je m'assois.

— Oui, le temps que ton maître comprenne en te répétant « devant, devant », tu n'obéis surtout pas. S'il insiste, tu te couches en travers. En même temps, tu cherches une solution à lui proposer.

Muscade plia son échine en une demi-révérence et, en un souffle, récita par cœur :

— Un contournement par la rue ou un changement de trottoir.

— Tu vois que tu sais. En espérant qu'il te fasse confiance et qu'il se décide vite.

— T'es un chou !

Elle lui fit un gros bisou et ils commencèrent à se rouler l'un sur l'autre. Arrivant de je ne sais où, Lisa m'interpella :

— Qu'est-ce que tu fais ?

— J'écoute le dernier Fred Vargas. C'est haletant.

— Et les chiens, tu sais ce qu'ils font ?

— Non.

— Ils se roulent des pelles !

— Ils en ont de la chance !

Avant de l'ouvrir, j'aurais dû tourner ma langue sept fois dans ma bouche et Lisa, qui ne l'avait pas dans sa poche, m'assena :

— Toi, tu n'es qu'un gros jaloux !

Puis, dans un grand éclat de rire :

— Tu viens dîner ?

19

POUR que nos chiens restent en bonne santé, il nous faut doser très précisément leurs repas. Deux fois par jour, je me débattais avec la pesée des croquettes. Et, ce soir-là, j'étais particulièrement nul. La balance vocale de sa voix nasillarde et moqueuse s'amusait à m'annoncer un poids qui n'était jamais le bon.

Lisa vint me rejoindre dans la cuisine.

— Dites-moi, très cher, serait-il possible que vous ramiez ? Savez-vous que pendant ce temps votre chien bave d'impatience ?

— C'est moi qui en bave, merde ! Encore 10 grammes de trop. Qu'est-ce que ça m'énerve ! Tu vois, pour moi, le plus dur, c'est d'avoir perdu la lecture. Même pas foutu de lire une balance.

— Et, ça s'est fait comment ?

— Doucement, imperceptiblement. Plus je grossissais la taille de mes loupes, plus la longueur des textes que j'étais capable d'aborder diminuait. Adieu, mon cher Marcel, le temps n'était plus perdu ni retrouvé, mais définitivement mort !

Je pus enfin offrir à Monty une ration bien équilibrée. Lisa prit ma place devant la balance tandis que je poursuivais :

— Je me suis consolé avec les nouvelles d'Edgar Poe, de Maupassant… Mais, là aussi, j'ai dû renoncer. Mon déchiffrage était devenu si lent et douloureux que je ne pouvais pas lire plus d'une page. Alors, j'ai plongé dans la poésie. Un ou deux vers parfois suffisaient à me remplir d'aise. Je me les rabâchais intérieurement pour les garder en mémoire, comme autant de trésors pour plus tard.

— Tu n'as pas essayé le braille ?

— Si, mais je crois que j'étais déjà trop vieux pour que mon toucher se développe. Je suis parvenu à faire du mot à mot, de quoi déchiffrer une boîte de médicaments, mais guère plus.

À son tour, Muscade engloutissait bruyamment ses croquettes. Notre devoir nourricier accompli, nous pûmes enfin nous installer confortablement dans le salon.

Lisa reprit :

— Et les livres lus ?

— À l'époque, il n'y en avait presque pas. Quelques classiques lus par des bénévoles, puis recopiés sur des cassettes pourries pleines de souffle. Je me souviens encore d'un Baudelaire lu sur un ton tellement grandiloquent que c'en était ridicule. L'albatros ne risquait pas de décoller. Moi non plus d'ailleurs.

Lisa insista :

— Tu sais que les choses ont évolué et que maintenant, ce sont de grands comédiens qui lisent.

— Bien sûr que je le sais, et il faut les remercier de nous ouvrir de nouveau toutes ces œuvres devenues inaccessibles. Cependant, l'objet livre me manquera toujours, son odeur, le contact du papier, le frisson de la page que l'on tourne. Et ce geste simple : l'ouvrir au hasard pour y croquer une phrase, comme on vole en passant un grain de beauté sur une grappe de raisin qui dore au milieu de ses feuilles endormies. Alors, un jour, j'ai pris des cartons de déménagement, j'y ai entassé tous mes livres et j'ai tout enfoui à la cave. Je les ai enterrés sans fleurs ni couronnes.

— Moi aussi, je m'en suis débarrassée. Ça m'a fait de la place dans l'appart' et surtout dans la tête.

Elle décroisa et recroisa ses jambes :

— Et des poèmes, tu en sais encore ?

Bien sûr que j'en savais encore, même si, à force de ne pas être visités, certains s'effilochaient, perdaient pied dans mes trous de mémoire, au point parfois, de ne plus rimer à rien. Mais les *Stances à Ninon* m'habitaient toujours...

– « Si je vous le disais pourtant, que je vous aime, / Qui sait, brune aux yeux bleus, ce que vous en diriez ? / L'amour, vous le savez, cause une peine extrême... »

Lisa abrégea cet excès de romantisme :

— Raté ! Je suis châtain aux yeux noisette !

Ça me coupa dans mon élan. Par ailleurs, c'était une information de taille. Jusqu'à présent, je m'étais demandé : « Ses yeux sont bleus... ou verts ? » Mais évidemment pas s'ils étaient *vairons*.

Avec cette réponse inattendue, je pouvais mieux coloriser son portrait.

Je poursuivis :

— Mais le pire, ça a été pour l'écriture. L'acuité m'a quitté vers 20 ans. J'avais donc suivi une scolarité normale, appris à écrire au stylo à plume, et puis, quand je n'y ai plus vu que du flou, il m'a bien fallu passer au clavier, et en aveugle, ça va sans dire...

« À l'époque, c'était sur une vieille machine à écrire mécanique aux touches dures et éloignées. Souvent mes doigts passaient entre elles et je me retournais les ongles. Ça faisait mal. La moindre faute de frappe était un drame. Je l'ai maudite, cette saloperie de machine !

— Ça, c'est ton côté dinosaure. Avec l'informatique, les choses se sont bien améliorées. Tu sais que tu peux dicter et relire ton courrier avec un ordinateur à synthèse vocale.

Elle prit une voix synthétique :

– « Madame, j'accuse réception de votre demande de documents pour renouveler ma carte d'invalidité-cécité. Il me semble que si j'étais allée à Lourdes et revenue miraculée, tous les médias en auraient parlé et qu'en conséquence, vous le sauriez. Je reste donc... Aveuglément vôtre... Lisa Doré. »

Je souris.

— Lisa, ne fais pas semblant de ne pas comprendre. Je te parle de l'autre écriture, la vraie, celle qui court directement de l'âme à la plume. Celle qui fait d'un sentiment un mot, et d'un mot un éblouissement. Comment renoncer au bonheur plumitif de coucher quelques mots sur une plage blanche, d'allonger leurs jambages déliés au fil des vagues à l'âme ? Comment ne plus s'enivrer au parfum de l'encre jetée en bordure des rêves, ne plus se bercer du bruissement de la plume aussi doux que la caresse du vent dans les papyrus ? Comment ne plus s'accrocher solidement à la rime, ou bien au contraire dénouer tous les sens pour dériver au seul gré du souffle des sons ?

« Pire encore : comment, sans jamais pouvoir les relire, reprendre ces premières lignes, celles qui ont tant besoin qu'on y revienne, qu'on les malaxe, qu'on les rature, qu'on les déchiquette, ou qu'au moins, on leur pardonne d'être si pauvres ?

Lisa se fondit dans ma voix :

— Plus de journal intime, plus de lettres d'amour...

— Et si par miracle, j'en reçois une, il va me falloir trouver quelqu'un pour me la lire, quelqu'un qui va déchirer mon intimité, avec ma bénédiction en plus !

Un long silence se fit.

— Un ange passe..., dit Lisa

— Oui, et il m'a proposé quelque chose. Tu veux voir la mer ?

— Ah ! oui ! Ah ! oui ! Oui. Quand est-ce qu'on part ?

— Maintenant : « Tout, et son parfum d'abord, m'annoncerait la mer, mais je ne l'aurais pas encore vue. Je l'entendrais faiblement. Je suivrais un chemin d'aubépines, bien connu jadis, avec attendrissement, avec l'anxiété aussi, par une brusque déchirure de la haie, d'apercevoir tout à coup l'invisible et présente amie, la folle qui se plaint toujours, la vieille reine mélancolique, la mer. Tout à coup, je la verrais. Ce serait par un de ces jours de somnolence, sous le soleil éclatant où elle réfléchit le ciel bleu comme elle, seulement plus pâle. Des voiles blanches comme des papillons seraient posées sur l'eau immobile, sans plus vouloir bouger, comme pâmées de chaleur. Ou bien la mer serait au contraire agitée, jaune sous le soleil comme un grand champ de boue, avec des soulèvements, qui, de si loin, paraîtraient fixés, couronnés d'une neige éblouissante. »

Tout en imitant le bruit des vagues, Lisa passa derrière moi et posa ses mains sur ma tête.

— Qu'est-ce que tu fais ? lui demandai-je.

— Je choisis un livre dans la bibliothèque pour m'endormir ce soir.

— Attention, tu pourrais tomber sur une horreur…

— Ou un roman d'amour…

Sur le haut de ma tête, elle posa un baiser plus léger qu'un frôlement d'ailes de papillon.

— Tu as encore beaucoup de cheveux pour un mec de ton âge.

Et elle disparut dans l'escalier.

20

Une fois de plus, cette journée de travail s'était déroulée sous une pluie battante, un vrai temps de chien, aurait dit ma grand-mère. Nous étions complètement rincés, au sens propre comme au figuré. Réfugiés dans la cuisine, nous espérions une petite accalmie pour emmener nos chiens faire leurs besoins du soir. Heureusement, Lisa était toujours en verve.

— Ça me rappelle le dernier anniversaire de ma sœur. Tu te souviens, au mois de juin, il faisait un temps épouvantable. On se serait cru en décembre.

Je m'en souvenais très bien. J'avais même insisté pour faire rallumer le chauffage du bureau.

Elle poursuivit :

— C'était une sacrée teuf. Y a pas que la capitale qui était arrosée : nos amygdales l'étaient aussi ! Et, moi, tu sais, comme je ne bois jamais, deux coupettes, je suis pompette, trois coupettes, hors compét' !

Je n'eus pas le temps d'imaginer le big bang qu'avait dû provoquer la rencontre de centaine de petites bulles euphorisantes avec cette formidable boule d'énergie qu'était Lisa. Elle racontait déjà la suite :

— Au petit matin, je décide de rentrer chez moi. C'était l'époque où je n'avais plus de chien. Mais il n'y avait pas long à faire et je connaissais bien le chemin. Je suis partie à la canne. Je dévalais le trottoir glissant de la rue Vivienne en chantant sous la pluie *I'm singing in the rain*. Soudain, le bout de ma canne touche un ovni, obstacle volumineux non identifié. Je m'arrête net et frappe la chose de plusieurs coups secs. Verdict : sorte de gros sac-poubelle en plastique lourd étalé en travers du trottoir. Je frappe de nouveau pour commencer son contournement, lorsque, tout à coup, le sac se met à gémir. Un long grognement humain, une plainte sourde et rauque… J'ai tout de suite pigé : le SDF ! D'habitude, il dort là l'hiver, sur une bouche d'air chaud et fétide, mais il n'était pas venu depuis plusieurs mois, et je l'avais complètement rayé de ma mémoire. C'est pas mon style, mais les mots m'ont manqué : « Pardon monsieur, je ne vous avais pas vu. Je ne vous ai pas fait mal ? » Le bonhomme m'a grogné un truc du genre : « Ça va, poupée, ça va… – Je suis désolée, vraiment désolée. – Ça va, je te dis, ça va. » J'étais mortifiée, anéantie. Tu vois, lorsque deux misères s'entrechoquent, chacune se demande laquelle est la plus désastreuse. Et, comme on est habitué à la sienne, on pense évidemment qu'elle est la « moins pire » des deux.

Je ne comprenais que trop bien.

— Certaines aubes sont navrantes, murmurai-je.

Soudain, on entendit un craquement bizarre. C'étaient les deux chiens qui, à force de chahuter, avaient déchiré quelque chose.

— C'est pas Dieu possible ! s'écria Lisa. Mon écharpe ! Bon, ben maintenant, j'en ai deux ! Tiens, un souvenir.

Elle m'en offrit une moitié, que je mis aussitôt sur mes épaules.

— Vraiment merci, ça me touche beaucoup. Comme ça, j'emporterai partout un peu de ton parfum avec moi. Et surtout, tu seras toujours un peu pendue à mon cou !

Je m'attendais à une réplique assassine.

Curieusement, elle ne vint pas.

21

LISA, qui ne se sentait pas bien, était rentrée chez elle. Et cette journée de stage sans son exubérante légèreté m'avait paru bien terne. Le soir, seul dans ma carrée, je tournais en rond. Impossible de trouver le sommeil. À l'école, j'avais croisé un incessant défilé de maîtres de tout poil qui accompagnaient leurs chiens pour aller les faire courir dans le bois et cet étalage d'infortune passait et repassait dans ma tête.

D'abord, ceux qui même en naissant n'auront pas vu le jour, les princes noirs, les impressionnants maîtres de l'invisible. N'ayant connu pour tout horizon que l'ombre à perte de vue, ils reconstruisent le monde avec l'un des sens interdits. Comment font-ils ? Je ne sais, mais quand ils lisent, ils braillent en silence. Et j'ai pour eux une admiration sans borgnes.

Puis ceux qui avaient le grand bonheur de voir et qui ne le savaient même pas. Un accident les a plongés dans l'obscurité. La mort les a frôlés, mais en passant elle leur a fauché leurs derniers jours. Désormais, ils ne verront plus que minuit à leur porte. Et il leur faudra bien des efforts pour se relever et marcher au radar. Comment surmonter un tel choc, comment se reconstruire ?

Enfin, la longue cohorte des malvoyants, de tous genres, de tous degrés : myopes, amblyopes, anisométropes, diplopes et tous les hop hop hop des consultations d'ophtalmologie.

Soyons clairs, aveugles et malvoyants, cela n'a rien à voir, ou si peu. Quelques perceptions de formes, de lumière, quelques morceaux d'images sur un champ visuel non encore totalement en friche, c'est beaucoup, beaucoup mieux que le néant. Ainsi certains, en s'accrochant aux bons caractères, peuvent encore lire un peu. D'autres n'ont plus la couleur et se contentent au milieu de leurs trous et de leurs flous de moins de cinquante nuances de grisailles. D'autres encore, qui redoutent la fin du crépuscule, surveillent avec angoisse leur vue qui blesse chaque jour un peu plus.

Et Lisa… Elle sait que, bientôt, elle sera reine de la nuit. Mais cela ne l'empêche pas de chanter la vie.

Vu de l'extérieur, nous, les déficients visuels, sommes tous englobés dans une même catégorie. Il est vrai que nous avons un point commun : nous devons une fois au moins dans notre vie regarder la réalité en face : notre handicap. Mais, vu de l'intérieur, tout n'est que différence, la réponse est individuelle, singulière. Chacun fait du mieux qu'il peut avec ce que la vie lui a donné de force et de faiblesse. Chaque histoire n'est représentative que d'elle-même.

22

Au réveil, Monty fila renifler sous la porte de la chambre de Lisa. Pas de Muscade. Il en était tout dépité. Mais dès qu'il les sentit arriver, il se précipita dans la cour pour leur faire fête. Moi aussi, j'aurais bien aimé courir me jeter dans les bras de Lisa, mais entre malvoyants, c'est un jeu hasardeux. On risque de passer à côté de l'essentiel et donc de se rater, ou au contraire de se faire du rentre-dedans et de se casser le nez. Alors, bon gré mal gré, on y va avec prudence. Même si mon cœur battait la chamade, je me suis contenté d'un :

— Quelle belle surprise ! Ça va mieux ? Tu nous as manqué.

— C'est gentil. Une journée bien au chaud, ça m'a guérie. J'avais un début d'angine. Je me suis dit que j'allais attraper la mort si je me faisais encore tremper.

— Et t'as préféré sécher.

— Très juste. Et vous, qu'est-ce que vous avez fait ?

Je l'aidai à se débarrasser de sa grande doudoune.

— Le travail sur le vide.

— Le vide... Normal, puisque je n'étais pas là !

— Je crois que c'est le plus dur. On est allés à la gare de Bercy, sur un quai désaffecté. Pour l'exercice, on imagine que je me suis désorienté, et qu'au lieu de longer le quai, je pars en perpendiculaire vers le trou. Thibault nous a mis en situation. Au milieu du quai, je me suis élancé vers les rails en ordonnant au chien d'avancer : « Devant, devant. » Il m'a poussé vers la droite pour me ramener dans le bon sens, mais je devais faire semblant de ne pas comprendre : « Devant, devant. » Alors, il s'est assis et j'ai encore continué d'insister, « Devant, devant », et, au bord du quai, il s'est couché de tout son long en travers, devant moi, pour m'empêcher de tomber. On l'a fait trois fois de suite. Trois fois, il s'est assis. Trois fois, il s'est mis en travers. La troisième fois, il s'est relevé, il a mis ses pattes avant sur mes épaules, sa truffe contre mon nez. Il m'a bien regardé et il m'a dit : « T'es complètement con, comme maître. Ça fait trois fois que je te sauve la vie, trois fois que tu recommences. Tu le fais exprès ou quoi ? »

Lisa me saisit le poignet et le secoua :

— Tu l'as entendu ?

— Oui, très clairement.

— Eh bien, toi, t'es un rapide. Moi, j'ai mis plusieurs mois avant d'entendre Bali parler, et je crains que certains maîtres ne les entendent jamais.

— Moi, je suis tombé tout petit dans la marmite. La fameuse grand-mère qui m'a élevé parlait avec tous les animaux. Les chiens et les chats, d'accord. L'âne, les chèvres, pourquoi pas. Mais les poules ! Elle les prenait dans ses bras, les berçait tout en les complimentant sur leur beau plumage. Elles en caquetaient de plaisir. Quant aux oiseaux, je la revois plantée au milieu du jardin en grande conversation avec, à ses pieds, une douzaine de rouges-gorges, moineaux, pinsons et surtout un gros merle qui venait se percher sur sa main.

« Le soir, nous avions conférence nocturne avec une famille de hérissons, puis, en allant nous coucher, salutations au gros crapaud qui vivait sous une pierre près de l'entrée. Bien sûr, je faisais comme elle. Alors, j'ai des restes.

Imperceptiblement, Lisa m'avait attiré contre elle.

— Et moi, tu m'entends ?

— Oui, si fort, et j'essaye de ne pas écouter.

— Pourquoi ?

Je me dégageai un peu et pris ses deux mains dans les miennes.

— Deux écorchés vifs se rencontrent. Leurs blessures sont identiques, elles les rapprochent tellement qu'ils semblent se connaître depuis toujours. Une simple étincelle, ils s'embrassent et aussitôt tout s'embrase autour d'eux, jusqu'à ne plus laisser que des cendres.

Lisa murmura :

— Tu penses qu'on joue avec le feu ?

— J'en ai peur. Je veux seulement dire qu'on ne peut risquer d'immoler ceux que nous aimons.

— C'est donc ça...

— Oui. J'ai rencontré une sœur. Toi. Ma sœur de cécité.

Lisa lâcha brusquement mes mains et recula d'un pas.

— Dis plutôt ta fille, vu la différence d'âge.

— Si tu veux, c'est pareil. Pas d'inceste !

Lisa, soudain mutine, me reprit par la taille.

— Même pas un zeste ?

Je l'enlaçai et caressai doucement sa longue chevelure.

— Pas un geste.

Julie qui venait d'entrer discrètement se racla la gorge.

— Bonjour… Demain, c'est notre dernier jour. Vous allez faire un parcours complexe, seuls avec votre chien. D'autres éducateurs que moi vont vous observer. Ce sont eux qui valideront, ou non, votre capacité à devenir maître de chien guide. Moi, je ne peux être juge et partie. Si vous avez des points à réviser, c'est le moment ou jamais.

23

C'ÉTAIT le dernier dîner. Christian s'était surpassé : salade d'avocat, poulet au lait de coco, tarte aux pommes, Coca pour Lisa, bière pour moi. Il était resté longtemps avec nous à parler de sa vie, c'est-à-dire des chiens. Les exploits des chiens, l'amour des chiens, le dévouement des chiens, les maladies des chiens. Il avait recueilli Guetti, la plus gentille des golden retrievers dont le maître était décédé deux ans auparavant. De chagrin, elle ne voulait plus manger et il lui avait fallu bien de la patience pour qu'elle l'adopte. Mais maintenant, elle ne le quittait plus d'une semelle, peut-être de peur de le perdre lui aussi. Il soignait également avec tendresse Roméo, bientôt 18 ans, le doyen des chiens guides de l'école, presque paralysé et devenu aveugle à son tour. Le destin est cruel... Enfin, il coordonnait plusieurs fois par semaine des groupes de détente pour les chiens, de façon que, comme tout travailleur, ils aient droit à un peu de loisir.

Plus je l'écoutais, plus je le voyais comme une sorte de moine ayant fait vœu de *chiensteté* – dans la congrégation de saint Bernard, bien entendu...

— Sur ce, nous dit-il, bon courage pour demain. Moi, je rentre à la niche.

Son départ laissa comme un froid. Oui, nous avions examen demain matin. Oui, il était déjà tard. Mais aucun de nous deux ne bougea. J'espérais que Lisa pensait comme moi à cette quinzaine que nous venions de passer ensemble, une parenthèse au regard d'une vie, mais tellement riche et bouleversante qu'elle en modifierait le cours. Comment la refermer ?

Puisqu'on était sur le sujet des chiens, j'entrepris de raconter à Lisa que mon fils n'avait pas accueilli la nouvelle de l'arrivée de Monty avec enthousiasme. Non qu'il n'aimât pas les animaux, bien au contraire : il avait passé toute son enfance à dormir avec les chats de la maison cachés dans son lit.

Il m'avait dit :

— Tu as le temps, c'est encore trop tôt.

Je supposais que l'arrivée d'un chien d'assistance lui montrait de façon criante, voire insupportable, combien son cher papa diminuait. Je savais bien que j'étais un père âgé, mais sans doute avais-je su jusqu'à présent donner le change. Tant mieux. Mais là, pour lui, d'un coup, je passais de l'autre côté. Celui des vieux. Triste constat.

— Il faut toujours que tu exagères, me rassura Lisa. Il va s'y faire, tu verras, il va l'adorer.

Elle ne s'était pas trompée, car, aujourd'hui, il l'appelle son petit frère.

Lisa non plus ne semblait pas pressée qu'on se quitte. Elle enchaîna sur le professeur Renou, un des pontes de la rétine, que chacun d'entre nous avait consulté, mais à des époques différentes. Nous nous sommes remémoré combien il était humain, compassionnel. Il ne nous importunait pas à nous faire essayer de lire les tableaux de lettres. Il se contentait de nous faire compter ses doigts.

« Le handicap majeur pousse à mettre à l'index de la société celui qui en est atteint. »

Nous nous étions bien amusés à reconstituer sa formule fétiche. Puis, changeant de ton, Lisa m'annonça :

— Tu as su qu'il s'était suicidé ? Moi, ça m'a fait un choc. J'espère surtout que ce n'était pas à cause de nous. Il avait l'air tellement navré quand il nous annonçait qu'il ne pouvait rien pour nous, que dans ce domaine la science était au point mort et qu'il nous faudrait accepter, et nous adapter.

Non, je ne l'avais pas su. Et même si cela m'interrogeait, je ne voulais pas laisser Lisa endosser trop de culpabilité.

— Tu oublies qu'il y a aussi les ennuis de cœur qui ne sont pas que les corollaires des coronaires, mais souvent plus simplement des problèmes de partenaires. Une rupture, c'est parfois pire qu'un anévrisme.

Lisa n'entra pas dans mon jeu.

— Tu te rends compte du degré de souffrance qu'il faut pour qu'un homme de ce niveau en arrive là ? Il voyait, lui. Il était super intelligent, admiré dans sa profession et devait bien gagner sa vie.

Chagrin d'amour, je veux bien, mais je persiste à penser que nous, ses échecs répétés, avons fait partie du sentiment d'usure, d'impuissance...

Je n'avais pas de réponse. Je lui aurais bien pris la main, mais elle était trop loin. On n'entendait plus que la forte respiration des chiens endormis.

Lisa rompit le silence :

— J'ai quelque chose à te dire, mais je ne sais pas comment te le dire.

...Un secret... des aveux... confidences d'une femme ô combien désirable... Dans l'instant, mon cœur a battu le tambour et tous mes sens ont sonné l'alarme.

Elle prit encore un temps :

— Alors, voilà : ma mère est juive.

Elle m'avait fait cette déclaration comme on s'excuse, comme si une maladie honteuse allait immanquablement m'éloigner d'elle. J'en étais tout décontenancé.

Aussitôt, je fis mon maximum pour la rassurer : cela n'avait aucune sorte d'importance. Par ailleurs, comment un homme qui connaissait à peine le nom de son père aurait-il pu porter un jugement à ce sujet ?

J'étais sincère, mais je sentais bien que face à un tel désarroi, mes propos sonnaient creux, et j'en étais très peiné.

La plupart de mes amis juifs revendiquaient leurs origines comme une fierté, certains la brandissant même comme un étendard. Mais, pour Lisa, cette appartenance semblait garder tout le poids d'un péché originel, le prix d'une faute. Mais quelle faute ?

Elle poursuivit. Juste avant la guerre, ses grands-parents avaient fait franciser leur nom de Goldman en Doré, puis, dès 1940, s'étaient enfuis de Paris pour se réfugier dans un petit village de Bretagne. Survivre dans la peur. Se cacher ou mourir...

Et c'est dans ce sombre contexte que, trois ans plus tard, sa maman était née...

— Un mélange de culture druidique et hébraïque, ça décoiffe !

J'étais content d'entendre son humour essayer de poindre de nouveau.

Mais tandis qu'elle poursuivait son récit de la saga familiale, une vieille ritournelle s'était mise à tourner dans ma tête : « Ne pas voir, ne pas être vu. »

Il se faisait très tard, ou déjà très tôt, et notre grand contrôle était dans quelques heures. Il fallait penser à dormir un peu.

Nous nous sommes retrouvés les bras ballants, face à face, devant les portes de nos chambres.

Oserais-je un premier geste ?

À ce moment précis, je n'avais pas quinze ans de plus qu'elle, j'avais 15 ans tout court, tellement j'étais intimidé. J'ai dû bredouiller quelque chose de brillant du genre : « Dors bien, à demain. » Lisa non plus ne fit rien qui puisse être interprété comme une invitation.

Assis sur mon lit, je ruminais. L'aurais-je déçue ? Que se passerait-il si je retournais frapper à sa porte ? L'ouvrirait-elle ? Je devais me calmer. Elle valait beaucoup mieux qu'une aventure d'un soir, qu'un lendemain embarrassé de fausses excuses du style : « Je crois qu'on a fait une bêtise... »

La femme de ma vie, je l'avais déjà rencontrée, même épousée... Lisa non plus n'avait rien manifesté. Elle aussi vivait avec l'homme de sa vie. Alors, pourquoi tant de trouble ?

24

Le lendemain matin, Julie me déposa dans un quartier perdu au fin fond du 12ᵉ arrondissement. Lisa, accompagnée de Thibault, passerait quand j'aurais fini. Méthodiquement, Julie m'indiqua un itinéraire à parcourir avec pour point d'arrivée l'intérieur d'une station de métro. Mais, sur la ligne de départ, s'agitant sur leur starting-block, toutes mes angoisses, des plus anciennes aux plus récentes, attendaient déjà depuis trop longtemps. Mon corps n'était plus qu'un enchevêtrement de nœuds et de raideurs.

— Allez, Monty, devant !

Nous n'avions pas fait 100 mètres qu'au premier passage piéton une espèce de petit roquet hargneux aboya furieusement contre Monty. Évidemment, son maître ne fit rien pour le calmer. Ça commençait mal. Je dus réconforter mon chien avant de repartir. Mais, stressé par cette agression, très vite, il demanda à faire ses besoins. En plein examen ! Je savais que j'étais observé. Appliquer le protocole, rien que le protocole, puis ramasser et lui faire chercher une poubelle, tout en essayant de ne pas me désorienter. Il en trouva une, quel bon chien ! Arrivés au carrefour où nous devions tourner à droite, il nous fallut passer sous un échafaudage. À ce moment précis, dans un fracas épouvantable, une énorme quantité de gravats se déversa dans un camion-benne. Le chien sursauta, et moi aussi. Où en étais-je ? Je ne savais plus si Julie m'avait dit « première » ou « deuxième à gauche ». Je respirai un grand coup. Ne pas paniquer. Une délicieuse odeur de croissants chauds vint me flatter les narines. M'avait-elle parlé d'une boulangerie ? Mystère... J'optai pour la deuxième solution. Enfin, je débouchai sur une large place. Sans conviction, je demandai à Monty : « Cherche le métro. » Il démarra tranquillement, c'était vaste, des enfants jouaient au ballon, et, au moment où je n'y croyais plus, il s'assit au bord d'un escalier béant, le nez sur la rampe, à ma main droite. De ma poche sortirent deux petits cubes de fromage qu'il engloutit. Bien mérité, mon champion ! Le cœur battant, nous dévalâmes l'escalier.

Julie était là, souriante.

— Alors, M. Dubois, ça s'est bien passé ?

25

SUR le chemin du retour, je racontai à Julie toutes les mésaventures rencontrées sur mon trajet. Elle se fit très positive :

— M. Dubois, un parcours dans la vraie vie n'est jamais sans imprévus. Sinon, ce ne serait pas la vie. Et nous, notre travail avec vous, depuis votre premier cours de locomotion il y a deux ans jusqu'au contrôle de ce matin, est de vous préparer à tous les surmonter, y compris, bien sûr, avec l'aide de votre chien. Je suis très contente que vous ayez eu ces petits problèmes, et je suis sûre que vous vous en êtes très bien tiré.

Elle me déposa à la Maison des remises.

Comme au premier jour de stage, j'attendis dans le fameux canapé. Mais aujourd'hui, pas moyen de dormir.

J'étais trop impatient. Impatient de savoir si cette fois je repartirais définitivement avec Monty, impatient d'apprendre si tout s'était bien passé pour Lisa, impatient de profiter de ces derniers moments avec elle. Heureusement, elle ne tarda pas.

Précédée de sa chienne, elle fit une entrée tonitruante.

— Salut ! C'est les foldingotes !

Elle vint s'asseoir à côté de moi.

— Ça a été, toi ?

— Je crois que oui. Et toi ?

— Impec !

Discrètement, elle s'était collée contre moi.

« Pas d'inceste », me répétai-je intérieurement en posant ma main sur la sienne.

— Sans toi, je ne sais pas si j'aurais pu tenir.

— Tu n'exagères pas un peu ?

Non, je n'exagérais pas.

— On va se revoir ? me demanda-t-elle sur un ton de petite fille que je ne lui connaissais pas.

— Je ne vois pas comment il pourrait en être autrement. Des personnes comme toi, on n'en rencontre pas souvent, pour ne pas dire jamais.

Et voulant joindre le geste à la parole, j'essayai de passer mon bras autour des épaules de Lisa, mais je heurtai au passage une grande baguette façon aiguille à tricoter qui retenait sa coiffure relevée. D'un coup sa belle chevelure, délivrée, tomba en une longue cascade ondoyante.

— J'ai toujours pensé que tu étais un homme qui décoiffe, s'amusa-t-elle, mais à ce point !

Puis, elle se blottit contre moi et cala sa tête soyeuse au creux de mon cou :

— Dites-moi, mon Bel Ami, si on allait voir la mer ?

— Tu veux que je te trouve une belle citation littorale ?

— Non, la mer en vrai. Maintenant qu'on a nos chiens, ils pourraient nous emmener. On marcherait au bord de l'écume, les cheveux au vent, les pieds au sable. Ça nous changerait des trottoirs de Paris.

— Et ça ne manquerait pas de sel...

Couchés à nos pieds, nos chiens, eux aussi, faisaient des projets.

— Monty, tu sais ce que ma maîtresse m'a promis ?

Monty fit non de la tête. Muscade reprit :

— Elle m'a dit que pour me présenter à toute sa famille, on irait à une grande fête, les nonoces d'or de ses grands-parents.

Il sursauta :

— Les nonoces d'or ! Ça doit être un sacré festin ! J'en ai les poils qui se dressent.

Puis, il reposa sa tête sur ses pattes :

— Finalement, tu t'entends bien avec elle.

— Oui, elle est super gentille. Et toi, comment ça se passe ?

— Je crois que ça pourra aller. Il est un peu stressé, mais très attentionné. Surtout, il m'écoute quand je lui parle.

Un peu étonnée, Muscade plongea son regard mordoré dans celui de Monty.

— Moi, je n'en suis pas là. C'est elle qui parle et moi qui l'écoute !

De la pointe de son élégant museau, Monty désigna Lisa et Hervé enlacés sur le canapé.

— Il y a encore plus important. Il ne faut pas être devin pour savoir que nos maîtres voudront se revoir. Qui, alors, les conduira l'un vers l'autre ? Nous ! Et, qui se reverra à cette occasion ?

— Nous ! fit Muscade, en venant s'allonger sur son compagnon. Oh ! mon Titi, t'es vraiment un chou...

Et, amoureusement, elle lui mordilla le cou.

Quand ils entrèrent, Thibault et Julie firent semblant de ne pas remarquer ce double débordement de tendresse. Professionnelle jusqu'au bout, Julie s'éclaircit la voix :

— Bonne nouvelle, vous avez tout réussi. Bravo à tous deux ! Nous allons pouvoir passer au grand moment que vous attendez depuis si longtemps : la remise officielle de votre chien. Vous êtes prêts ?

Bien sûr que nous étions prêts.

D'une voix posée et claire, Julie énonça :

— Pour le meilleur et pour le pire, vous engagez-vous à bien vous occuper de votre chien, à veiller scrupuleusement à son bien-être, à sa nourriture et à sa santé ?

— Oui.

— L'emmènerez-vous régulièrement en détente avec d'autres chiens de façon qu'il conserve une vie sociale équilibrée ?

— Oui.

— Acceptez-vous les clauses de suivi de votre chien par nos éducateurs ? Avez-vous bien compris qu'au cas où nous constaterions que votre chien est maltraité, l'école serait en plein droit de le reprendre ?

Évidemment que nous l'avions compris. Cependant, ces questions me troublaient. Quand on vous donne un tel trésor, n'est-il pas naturel d'y tenir comme à la prunelle de ses yeux et de le choyer en conséquence ? Il fallait croire que non.

Enfin, Julie conclut :

— Alors, c'est avec joie que nous vous les confions : Monty à M. Dubois, Muscade à Mme Doré.

Nous avons signé nos contrats de bonne conduite, puis, émus aux larmes, enlacé nos chiens pour la photo. La directrice et quelques éducateurs de l'école sont venus nous rejoindre.

J'avais mis du champagne au frais et préparé un petit discours, que je m'efforçai de déclamer sur un ton solennel :

— Je dédie à toutes les familles d'accueil, tous les animateurs et éducateurs, ces quelques blagues canines, parfois mordantes, voire incisives...

« Pour remplacer la canne, il me fallait bien un canidé...

« C'est un fait, moi je n'y vois rien, rien, rien. Mais mon chien, tout, tout, tout.

« J'en suis convaincu, un bon chien vaut mieux que deux, tu verras.

« Eh, mon golden, ce n'est pas une pomme !

« Devant, à gauche, à droite, il se plie aux ordres de la direction. Il est tout à fait au poil et nous marchons tous les deux à fond la laisse...

« Paradoxalement, pour qu'il comprenne "couché", il a fallu le dresser.

« Au passage piéton, mon chien devient pilote de ligne. Il s'arrête avant qu'il ne soit trottoir.

« Devant un escalier, il indique la marche à suivre.

« Je ne le vois pas, mais je sais qu'il vaut le déplacement. Dorénavant, je roulerai pour ainsi dire en harnais-Davidson…

« D'ailleurs, il en met tellement plein la vue que quand je suis avec lui, j'ai beaucoup plus de charme ! J'ai même du chien…

« Croyez-moi, chien d'aveugle, ce n'est pas une insulte, mais le plus beau des compliments ! »

Il y eut encore beaucoup d'embrassades, de remerciements. Puis chacun rentra chez soi.

Dans le taxi, Monty avait posé sa tête sur mes genoux. Je le caressais avec tendresse.

La sérénité du chien, le doux balancement de l'auto… une fois de plus, je m'assoupis quelques instants.

Le Dieu qui se cache derrière le mot « hasard » pour ne pas qu'on le reconnaisse en profita pour me faire un petit clin d'œil. Il avait attendu cette date du vendredi 23 décembre pour m'envoyer en guise d'étoile ce chien lumineux, qui m'aiderait désormais à traverser ma si longue nuit jusqu'à la renaissance. Je le savais : avec lui, une nouvelle page de ma vie venait de s'ouvrir. Et, j'en étais déjà profondément heureux.

À la maison, sous le sapin, un gros os en peau de buffle soigneusement emballé et enrubanné attendait déjà Monty. Pendant les fêtes, tous les amis défilèrent pour faire sa connaissance. J'hésitais, par égard envers tous ceux qui m'avaient gâté toutes ces dernières années, à le présenter comme le plus beau cadeau de Noël de toute ma vie, mais je le pensais vraiment. Et nous bûmes force champagne, portâmes d'innombrables toasts à la santé de ce nouveau compagnon et nous interrogeâmes beaucoup sur la façon dont le père Noël s'y était pris pour livrer par la cheminée ce chien d'un blanc immaculé.

La trêve des confiseurs refermée, je repris mon apprentissage. Pendant une semaine, Julie vint chez moi pour nous faire répéter les parcours les plus courants : domicile-gare, domicile-principaux commerces, et aussi domicile-vétérinaire.

Avec le recul et ce que je connais maintenant de la capacité d'un chien guide, je sais qu'il s'agissait surtout pour elle d'enseigner à Monty les itinéraires essentiels qu'il pourrait effectuer seul au cas où son maître, peu expérimenté, serait défaillant.

La semaine suivante, nous fîmes la même chose à Paris autour de mon bureau, et notamment le trajet RER-métro avec toutes les correspondances. Pouvais-je imaginer à ce moment-là que, quelques mois plus tard, il suffirait de deux ou trois indications – plus destinées à me rassurer qu'à le guider – pour que Monty m'emmène de chez moi à mon travail au cœur de Paris, aussi facilement que s'il faisait le tour du jardin ?

26

CELA fait déjà plus d'une année que Stéphanie, Monty et moi faisons ménage à trois. En quelque sorte, nous avons fêté nos noces de coton, aussi douces et lumineuses que son beau pelage blanc.

Quant à moi, grâce à lui, en un an, j'ai rajeuni de dix. La dévoreuse de rétine peut bien terminer son festin, cela m'est complètement égal. Je n'ai plus peur.

Les premières semaines, Stéphanie n'osait pas me laisser sortir seul avec Monty. Elle marchait à nos côtés et, comme avant, m'indiquait tous les pièges à éviter ; elle l'avait fait pendant si longtemps ! Puis, peu à peu, constatant que le chien les dépistait tous, elle s'est apaisée. Pendant un temps encore, incrédule, elle nous a suivis de loin. Ce qu'elle a vu l'a tellement éblouie, émue et rassurée qu'elle s'est autorisée à lâcher cette mission de veille permanente qu'elle s'était fixée. Enfin libérée, elle a pu retrouver son déploiement d'elle. À présent, avec sérénité, elle me laisse derrière la laisse. Elle sait que maintenant, j'ai des yeux tout neufs, de beaux yeux sur pattes qui voient et pensent pour et avec moi.

Avec Monty, les trajets ordinaires ne le sont plus. Comme tout bon francilien, quotidiennement, je prends les transports en commun pour aller travailler. Auparavant, quand j'étais seul avec ma canne dans le RER, personne ne m'adressait la parole. Depuis que je me déplace avec mon chien, le voyage se transforme en mini-conférence. Émus ou curieux, mes voisins de circonstance me bombardent de questions sur nous, où, quand, pourquoi, comment. Dans l'interminable tunnel du quotidien où les plongent leurs chemins de faire, serions-nous une lueur de vie, une preuve vivante d'amour, un reflet de quelque chose d'impalpable ? J'essaie de leur donner un petit morceau de mon bonheur, mais le trajet est bien trop court pour expliquer ce que moi-même je commence à peine à comprendre. Il faudrait tout un livre pour le faire. Mais qui pour l'écrire ?

En sortant du métro, il reste environ 200 mètres à parcourir : une traversée de rue, puis, après la remontée sur le trottoir, une cinquantaine de pas. Là, systématiquement, Monty se colle la truffe au trottoir et n'avance plus. J'insiste :

— Devant, allez, allez.

Mais je l'entends répondre :

— Oh ! Doucement, on y est presque. C'est tout droit et il n'y a aucun obstacle. J'ai vérifié. Alors, laisse-moi un instant prendre les nouvelles du quartier. Sinon, tu peux terminer seul, je sais que tu en es capable.

Bref, je patiente. On finit par arriver.

Je pousse la porte, lui ôte son harnais. Sa mission est terminée, la mienne va commencer. Aussitôt, il passe en mode mascotte. Dans tous les bureaux, ce ne sont que câlins, exclamations, rires. Monty, c'est un apporte-bonheur.

Il y a aussi les courses dans mon petit village de banlieue. À ma cartographie intérieure, telle que j'avais appris à la dessiner grâce à mes cours de locomotion, se superpose maintenant celle de Monty. Il l'a établie en fonction de ses critères personnels. C'est totalement affectif, mais très précis tout de même. Ainsi, le contournement par le trottoir d'en face désigne la boulangerie à l'entrée de laquelle un SDF étalé sur le sol mendie toute la journée. Quand Monty s'écarte au maximum d'une devanture, c'est que nous arrivons à la bijouterie : il veut éviter Adolf, un teckel à poil dur qui, se prenant pour un grand dogue allemand, nous aboie dessus à s'en faire péter la jugulaire. À l'inverse, la vitrine que nous frôlons est celle du coiffeur ; il faut bien faire un bisou en passant au copain Eliott, le petit bichon qui, toujours impeccablement shampouiné et permanenté, telle une réclame vivante, dort sur le paillasson. Systématiquement, d'un coup de tête à gauche, il me propose mon dentiste. Une pointe d'humour sadique ? Et puis, il y a ses trois boutiques préférées, celles où il veut entrer quoi qu'il arrive. Le boucher qui adore les bêtes. Je pensais que c'était antinomique, il faut croire que non. Celui-ci a deux chiens et trois chats. Et hop ! Un petit bout de steak à la volée ! Et hop ! Un autre. Le pharmacien, qui est déjà un dingue de chiens, mais alors, ceux-là, les chiens guides, si intelligents, si dévoués... Et hop ! Un petit gâteau. Le caviste qui a perdu son labrador il y a peu et qui en a tant de peine. Non, il n'en reprendra plus. Et hop ! une Biscrok. Et sa femme qui accourt de je ne sais où. Et hop ! une autre Biscrok.

J'avoue, j'ai été faible. Jamais on ne doit laisser récompenser nos chiens pour rien. Mais, devant mon premier refus, ses admirateurs avaient l'air tellement dépités que j'en ai eu le cœur fendu et j'ai cédé. Résultat : à chaque fois que l'on passe devant chez eux, Monty veut entrer en dépit de mes contrordres. Un chien guide qui précipite son déficient visuel dans une pharmacie, ça n'étonne personne ; dans une boucherie, ça amuse ; mais chez un marchand de vin, ça interpelle : « Y voit rien, mais y boit bien ! Remarquez, qu'est-ce qu'on ferait à sa place ? »

Bien des passants admiratifs du travail de Monty m'abordent pour m'en parler. Souvent, ils concluent la conversation par un :

— Ah ! Les chiens, il ne leur manque que la parole !

Et, à chaque fois, je me retiens de répondre : « Ils l'ont, il suffit de les écouter. »

Car ils parlent. Ils parlent leur langue des signes.

Ainsi, je traduis de mieux en mieux toutes les nuances de ses expressions corporelles : les épaules légèrement penchées en avant pour signaler le bord du trottoir, le corps frémissant à l'aperçu d'un chien, les quatre pattes raides comme du béton devant un obstacle.

De même, au fil des jours, j'ai appris la conjugaison de ses mouvements de tête. L'impératif : « Tu me laisses descendre dans le caniveau ou je pisse sur tes chaussures ! ». L'interrogatif : « On se fait une banque ou je continue tout droit ? » L'indicatif : « Au bout de ma truffe, tu as le bouton de l'ascenseur. »

Et plus nous passons du temps ensemble, plus ma compréhension devient naturelle, intuitive.

Enfin – et je n'avais pas connu cela depuis des années –, je sors pour le plaisir ; le simple plaisir d'aller marcher au gré du vent et d'écouter la vie qui palpite. De nouveau, je me sens libre !

Lisa ne m'avait pas menti. Dans la rue, c'est Monty que les gens regardent. Moi, je ne suis que l'inconnu au bras d'une star. Mais, à ses côtés, je ne suis plus le même. Je me redresse, je détends mes épaules. Comme lui, je relève la tête, comme lui, je prends l'air et avec lui, j'entre dans la danse urbaine.

Inspiration. « Devant », nous partons ; je n'ai plus peur du sol. « Escalier », nous l'avalons. « À gauche », je suis dans son pas, dans son rythme. « Demi-tour », dégagé, j'épouse le balancé de ses épaules. « À gauche », grand écart pour éviter des obstacles invisibles. « À droite », enchaînement, il m'entraîne avec souplesse au milieu de figurants imprévisibles. « Les lignes », pause ; immobiles, serrés l'un contre l'autre ; je sens battre son cœur, je guette le moment précis auquel lancer notre longue traversée. « Devant », je reste bien concentré sur mon axe. « Serre à gauche », la ville si redoutée est redevenue une piste de bal. Quelques grands pas glissés et nous arrivons à l'Opéra. Enlacés dans notre pas de deux, nous virevoltons au milieu d'un ballet de voitures. Sur les marches, un orchestre de cuivres joue *Lieber Tango*. Lent, lent, vite, vite, lent. Nous passons entre lui et le demi-cercle des badauds… « Va, va, allez Monty, va ! »

Une dame s'écrie : « Que vous êtes beaux ! » Lent, lent, vite, vite, lent. Accord final. La foule applaudit.

Avec Monty, oui, *blind is beautiful* !

27

Nous passons notre vie collés l'un à l'autre. Nous sommes devenus – c'est un comble pour un chien – siamois.

Je lui sers tous ses repas, il m'emmène au restaurant. Je le sors pour ses besoins, il me trouve toutes les toilettes des lieux que je ne connais pas. Je le brosse, le coiffe, le douche et quand, à mon tour, je me lave, il vient voir si tout baigne, puis se couche au long de la baignoire, en veille, comme si une hydre sanguinaire allait jaillir soudain d'une canalisation.

Dans la journée je passe beaucoup de temps sur mon ordinateur. Parfois, je lui raconte mes travaux et il commente. Là, j'ai un tas de contrats à relire. Il bâille à s'en faire couiner la mâchoire.

— Après, je vais continuer à raconter notre histoire.

— Ça, c'est beaucoup mieux. Mais, si tu veux mon avis, je trouve que tu te donnes un peu trop le beau rôle. Par exemple, quand tu dis que tu me comprends, tu oublies que c'est moi qui ne cesse de m'adapter à toi. Ainsi, quand j'étais dans ma famille d'accueil, il me suffisait d'aller m'asseoir devant la porte d'entrée et de pointer la clé pour montrer que j'avais un besoin pressant. Avec toi, rien du tout. Tu ne me vois pas. Alors, j'ai inventé un autre stratagème : je prends délicatement ton poignet dans ma gueule et je te tire doucement, mais fermement jusqu'à la porte. Et, comme plusieurs fois de suite ça fonctionne, j'ajoute cette expression à mon vocabulaire. En quelque sorte, moi aussi, je t'éduque.

Le plus souvent, je le laisse dormir près de moi. Si je dois passer dans une autre pièce, je sors précautionneusement, en chaussettes, à pas de loup – ceux-là même que le loup avait inventés il y a très longtemps pour ne pas réveiller les chiens. Je veux le laisser récupérer. Mais si avant que je ne revienne, Monty s'aperçoit que je ne suis pas là, il pousse un jappement déchirant, un *wouaf* unique, très accentué sur le *wou,* suivi d'un lent decrescendo sur le *af. Wouaf,* c'est mon prénom en labrador.

Parfois, c'est lui qui disparaît sans que je m'en aperçoive : soit qu'il aille se faire câliner dans un autre bureau, soit qu'il musarde dans le jardin. Soudain, j'ai une montée d'angoisse, un besoin impérieux de sa présence. Et je le rappelle compulsivement ; c'est le manque. Il me faut d'urgence mon shoot de *dog drug,* ma bouffée de *canis familiaris.*

Dans la rue, si par hasard je trébuche, que ma cheville tourne sur des pavés disjoints ou que je glisse sur des feuilles détrempées de pluie, il sursaute, se retourne et colle fébrilement son corps contre mes jambes. Et de sa truffe, il cherche mes mains. Il demande : « Tu vas bien ? Qu'est-ce qui s'est passé ? Est-ce que j'ai fait une erreur ? »

J'en ai les larmes aux yeux.

Quand il a beaucoup plu et que nous rentrons trempés, je prends une grande serviette pour le sécher. Il fonce dedans comme un taureau charge une muleta et s'y entortille et gigote pour que je le bouchonne encore et encore. À l'inverse, quand il fait trop chaud et que je n'ai pas de gamelle, je lui mouille la tête, le fais boire dans mes mains en creux. Sa grosse langue me lèche les paumes et ses courtes moustaches me chatouillent la peau. Et même quand il n'a plus soif, nous continuons ce petit jeu, rien que pour le plaisir.

Dès que nous revenons à la maison, Monty court chercher sa balle et, comme au premier jour de notre rencontre, me donne des petits coups de truffe dans les cuisses pour que je le fasse jouer.

Balle… Mot à ne jamais prononcer devant lui sous peine de provoquer une exaltation incontrôlable, de le rendre totalement hystérique à l'instar des millions de fous d'balles qui, agglutinés devant leur télé, trépignent et s'égosillent à qui mieux mieux. Est-ce bien raisonnable ?

À l'école, on nous a enseigné les règles du jeu. « Apporte ! » : le chien revient. « Donne ! » : il pose délicatement la balle dans notre main. « À ta place ! » : il s'assied contre notre jambe gauche pour qu'on puisse relancer tranquillement. Mais, dans le feu de l'action, il y a toujours des fautes. Et pour les mains, mon chien, pourtant si doux, a la dent dure.

En première ligne, sur son carnet de balles, son partenaire préféré est un petit chien de chasse à courre, Newton ; un joueur intrépide, capable d'accélérations foudroyantes, de crochets dignes des meilleurs dribbleurs. Ainsi, malgré la différence de gabarit, c'est un grand récupérateur de balles et, comme son illustre homonyme, un expert de la loi des mouvements. Régulièrement, sa charmante maîtresse le conduit chez nous pour une petite partie en nocturne. Que d'énergie déployée dans un but illusoire, attraper cette fameuse balle... Et quand, hors d'haleine, ils se roulent au sol sur le dos comme des ailiers fauchés dans leur envol vers la cage dorée par un tacle rageur, on siffle la fin du match. Et cela m'amuse de penser que le meilleur ami de mon chien d'aveugle est un *beagle*.

Avant le coucher, je le débarrasse de son collier. Si, par hasard, j'oublie de le faire, il vient s'asseoir à côté de moi et se gratte bruyamment le cou en faisant tinter sa médaille.

— Tu n'aurais pas oublié quelque chose ?

Puis il s'installe au pied de mon lit, la queue sur la truffe, tel un croissant de lune d'or au seuil de ma nuit. À quatre pattes, je m'approche de lui et d'une main, je le câline tendrement. Ce n'est pas très connu, mais c'est le labrador qui a inventé le velours pour s'en recouvrir les oreilles. Et, à son cou, il a noué une large étole de fourrure douillette pour mieux y accueillir les caresses.

Je lui dis toujours les mêmes mots, des mots très simples, courts, pour qu'il les comprenne bien. « Monty, le bon chien ; Monty, mon amour de chien. » Il bascule doucement sur son flanc. Il grognotte de plaisir, se lèche les babines, fait claquer sa langue. Mes bons mots, il les mâche avec gourmandise. Puis il tend sa patte avant vers mon bras d'appui, et en replie l'extrémité sur mon poignet. Il ne donne pas la patte machinalement pour avoir un su-sucre, non : il me donne la main.

Ainsi, chaque soir, je le remercie, je le bénis d'avoir accepté ce drôle de pacte.

Je lui confie ma vie, il me donne la sienne.

28

Au sortir de la remise, Lisa et moi partagions le même constat : Monty et Muscade étaient secrètement amoureux l'un de l'autre. Nous ne pouvions nous résoudre à les séparer trop longtemps – c'eût été pure cruauté. Donc, pour leur bien-être et leur équilibre, et bien sûr uniquement dans cette noble intention, nous avons décidé de participer ensemble à différentes activités, telles que la détente à l'école, les cours d'informatique adaptée et les sorties diverses. Ainsi, ils pourraient se revoir, et – très accessoirement – nous aussi.

À chaque fois, les retrouvailles sont explosives. Dès que leur incroyable odorat leur signale au loin la trace olfactive de l'autre, les chiens accélèrent. Dès qu'ils s'aperçoivent, ils tirent sur leur laisse à s'en étrangler et, quand ils sont proches, ils se cabrent sur leurs pattes arrière. Lisa et moi, nous nous hélons : « C'est bien toi ? – Oui, c'est moi. » Nous jaugeons la distance qui nous sépare, et dès qu'elle nous semble assez courte, nous ôtons les étriers de peur que nos toutous se blessent, nous allongeons les laisses, et nous lâchons tout. D'un coup, c'est l'emmêlement des corps, les roulades, les embrassades. Leur joie est si belle, si pure, si débordante qu'elle nous remplit de bonheur et qu'ainsi tout éclaboussés d'amour, à notre tour, nous nous rapprochons à tâtons pour finir par nous enlacer enfin, si tendrement, si longuement... mais cependant, avec une imperceptible retenue, une subtile prudence. On ne sait jamais... ! Entre aimants et amants, il n'y a qu'un « i », un petit trait et un point sur la frontière des sentiments, une ligne Maginot imaginaire que nous ne voulons pas franchir.

En théorie, la législation garantit aux chiens guides l'accès à tous les lieux ouverts au public. Dans la pratique, surtout lorsque l'on arrive avec deux toutous, le grand jeu de loi réserve bien des pièges, des cases malchance qui font voir rouge.

— Vous ne pouvez pas entrer dans notre restaurant avec vos chiens, c'est interdit pour des raisons d'hygiène.

S'il faut parlementer, on préfère passer notre tour et aller voir ailleurs.

— L'établissement est complet ; les tables libres là sont réservées. Essayez plus tard.

On refait un tour.

— Suivez-moi, je vais vous trouver une table avec de la place pour les chiens.

Et on se retrouve au fond, le long des toilettes, là où personne ne veut aller parce que c'est lugubre et que ça sent mauvais.

Alors, on ressort et on se retrouve à la case départ.

Et puis, il y a eu le coup de dés miraculeux, celui qui nous a amenés au Royal Comptoir. Dès qu'il nous a vus arriver, le patron s'est précipité, nous a ouvert grandes les portes, nous a installés sur une table pour quatre dans la terrasse véranda ensoleillée. Quand je lui ai dit que ça me gênait qu'il sacrifie deux couverts pour nous, il m'a répondu que cela n'avait aucune importance. Il a enlevé deux chaises pour que les chiens soient à l'aise et leur a apporté une grande gamelle d'eau fraîche. Évidemment, ce lieu béni, à trois arrêts de bus de l'école, est devenu notre jardin secret.

— Il y a trois jours, il m'est arrivé un truc impensable, raconté-je à Lisa. En plein Paris, près de la Madeleine, Monty a été attaqué par un énorme chien, genre bas rouge, qui avait échappé à son imbécile de maître. Complètement paniqué, Monty a voulu s'enfuir ; il m'a retourné le bras en arrière, il est parti à fond et on s'est retrouvés au milieu de la rue avec le molosse qui nous tournait autour en gueulant. Franchement, j'ai eu peur.

Je siffle la moitié de mon verre, comme si j'étais encore sous le coup de l'émotion. Lisa se tait. Elle m'imagine très bien, totalement tétanisé, tous les sens en alarme, incapable de gérer la situation, avec la terreur que le chien soit blessé ou que la première voiture qui arrive nous décalque sur l'asphalte, pauvres figurines à la craie que la première pluie effacera à jamais... La vraie peur panique de mourir.

Elle rompt le silence.

— Encore un mec qui essaye de compenser son impuissance en prenant un chien dangereux, mais qui est tellement nul qu'il est incapable de le maîtriser. Et ça s'est terminé comment ?

— L'abruti a fini par récupérer son fauve et il est reparti sans même s'excuser.

— Bien sûr, il n'a aucune idée des conséquences. Il ne sait pas ce qu'est un chien guide. Comment Monty va réagir en croisant un de ses congénères, il s'en fout. Mais toi, tu peux en avoir pour des semaines avant qu'il ne s'en remette.

J'acquiesce :

— Il est tellement anxieux qu'il se retourne tout le temps pour voir ce qui se passe derrière. Tout à l'heure, il m'a fait heurter un pauvre bonhomme, heureusement bien compréhensif. Ce n'était jamais arrivé avant. Demain, j'ai rendez-vous avec Julie pour mesurer l'ampleur de la catastrophe et voir ce qu'on peut faire.

— Je ne voudrais pas te péter le moral, mais il y a longtemps, il m'est arrivé la même chose avec Bali et ça n'a pas été facile pour qu'il surmonte ce traumatisme.

Nous nous taisons. Elle se revoit et elle me voit agenouillé sur le trottoir, le chien dans les bras. Il tremble, et nous tremblons autant que lui. Malgré la douleur au ventre, nous cherchons les mots doux, les gestes d'amour capables de l'apaiser. C'est long, c'est dur, et c'est aussi un intense moment de tendresse, une solide solitude à deux, face à la ville qui grouille d'indifférence.

Un autre jour, c'est Lisa qui raconte :

— Tu sais qu'à peu de chose près, tu étais obligé de m'apporter des fleurs.

— J'ai oublié ton anniversaire ?

— Non, c'est plutôt l'inverse. Tu as failli en être privé. Écoute bien. Je sors de chez ma sœur. Je suis tranquille, bien en place avec Muscade au passage clouté, je déclenche le son du feu et quand j'entends la cloche, j'ordonne à Muscade d'avancer. On fait un pas et elle se jette en travers devant mes pieds. Au même moment, je sens le souffle d'un vélo électrique qui déboule. Ce connard a grillé le feu et, avec la rumeur ambiante, je ne l'avais pas entendu. Il m'a quasiment touchée. Sans ma chienne, j'étais dessous. Se faire écraser par une Jaguar, passe encore, mais par un Vélib' ! La honte !

Pas besoin de développer.

Je connais la peur rétroactive, le cœur qui tape à tout rompre, les larmes qui montent aux yeux, l'immense sentiment de gratitude qui submerge et auprès duquel les quelques récompenses offertes au chien semblent bien dérisoires. Je sais les jambes molles, le goût de la colère qui serre la gorge. Mais le chien frétille, il a fait son boulot, il est fier et il n'a qu'une envie : repartir. Alors, on le remercie encore, on souffle un bon coup et on y va, juste pour lui faire plaisir.

La ville nous est hostile, ses habitants parfois pleins de rage. Mais nous faisons avec. À qui s'en plaindre ? Certainement pas auprès de nos conjoints, qui s'inquiètent déjà tant pour nous. Auprès des autorités ? La réponse est dans la question ! Les associations qui nous défendent ont obtenu beaucoup de dispositions qui nous sont favorables. Encore faudrait-il qu'elles soient appliquées. Je pourrais faire une liste de plusieurs pages de toutes ces bonnes intentions décrétées qui, restées lettres mortes, continuent de paver l'enfer urbain de bonnes législations.

Et comment s'en sortir dans une société qui a choisi comme principal vecteur l'image, omniprésente, omnipotente, omni-mystifiante ? Qui préfère le digital au tactile ? Qui va si vite que, à peine avons-nous compris le fonctionnement d'un logiciel ou d'un distributeur automatique, il a déjà muté et que nous sommes de nouveau en retard ?

Il nous faut bien de l'énergie pour ne pas finir définitivement inadaptés.

29

Une fois par semaine, Lisa et moi fréquentons assidûment des cours d'iPhone. Les ingénieurs de la firme à la pomme ont mis un verre dans le fruit de leur invention. Et pour que, sur ce miroir noir, cette paroi parfaitement lisse, nous puissions savoir à quelle sainte icône nous vouer, ils ont créé *Voice Over*, l'application qui lit les applications et qui nous en demande beaucoup (d'application).

Il faut mentalement imaginer une grille de quatre cases sur six lignes. Du bout de l'index, on met le doigt sur une case. Aussitôt, elle propose son contenu en se nommant. Deux petites tapes légères pour confirmer et elle s'ouvre en se renommant : « Météo. Météo. » « Horloge. Horloge. »

Une fois qu'on est entré, effleurements, doubles tapes, balayages de droite à gauche, de gauche à droite, de haut en bas et de bas en haut, avec un, deux, trois ou quatre doigts, offrent une multitude de combinaisons qui permettent, en théorie, d'avoir un accès vocalisé à toutes les fonctionnalités.

Mais qui croit au miracle se met le doigt dans l'œil.

Car avant d'aller surfer sur l'immense web, il nous faut maîtriser la glisse sur notre mini-mer de glace. Et c'est un long apprentissage.

Pendant les cours, ni nos dérapages numériques bégayés en écho par la voix mécanique du téléphone ni nos jurons qui les ponctuent n'empêchent nos chiens de faire salon.

— Alors, mon Monty, comment ça se passe ?

— Cette semaine, j'en ai eu plein les pattes. On n'a pas arrêté de bourlinguer dans Paris. Quel bazar ! J'ai l'impression qu'il y a de plus en plus d'obstacles, surtout sur les trottoirs. Cela dit, lui chercher le bon passage, c'est à chaque fois un défi. Et plus c'est compliqué, plus ça m'amuse ; lui aussi, d'ailleurs. Je peux te garantir qu'on fonce... Tu veux un secret ? Ce que je préfère, c'est le dépassement de mamies. Je les colle derrière, je cherche l'ouverture à droite ou à gauche, et dès que je la vois, j'accélère d'un coup sec. Et hop, on double !

— Non, mais quel voyou ! Et qu'est-ce qu'il dit, ton maître ?

— Lui ? Il rigole !

— Mais alors, c'est lui le voyou !

— Tel maître, tel chien ! Et puis, il y a trois jours, grand événement : on a fait l'émission de Michel Drucker pour la promo de l'école.

Muscade écarquille ses grands yeux :

— Tu es passé à la télé ! Tu n'as pas eu le trac ?

— Le trac, non ! Mais j'ai eu un gros, gros problème. Je devais descendre plusieurs marches, puis traverser une surface qui, pour moi, paraissait liquide. Pas question d'y précipiter mon maître ! Heureusement, Julie, qui était présente à la répétition, m'a fait comprendre que c'était du solide sans danger, des panneaux translucides éclairés par-dessous. Et elle m'a fait passer plusieurs fois.

« Au direct, j'ai été royal. J'ai marché sur les eaux et déposé mon maître sur le canapé mythique.

Monty redresse légèrement la tête, prend la pause, trois quarts profil, puis, couvre Muscade d'un regard pénétrant.

— Finalement, après ce brillant essai, je me verrais bien tourner pour des séries ou pour le cinéma...

— Tu es sérieux ?

— Non, je blague ! Tu sais, des admirateurs, j'en rencontre tous les jours dans les rues. Ils viennent me parler, me caresser, me féliciter. Mes spectateurs, moi, je les touche en direct, comme au théâtre, mais sur la scène de la vie quotidienne. Quant à mon maître, je vois bien qu'il sourit, qu'il est fier et qu'il leur parle de moi. Ça me fait tellement plaisir de le sentir heureux que je me demande si ce n'est pas mieux que les récompenses.

— Moi aussi, je connais ce genre de moments et je les adore. Surtout qu'à l'inverse, sentir nos maîtres malheureux, ça nous coupe les pattes.

Monty hoche la tête.

— Tu as bien raison.

Muscade reprend.

— Moi, j'ai trouvé une astuce. Ma maîtresse aime bien jouer avec moi ; alors, quand je vois qu'elle commence à déprimer, qu'elle s'assoit dans son fauteuil et qu'elle n'en bouge plus, je vais chercher un jouet et je le pose à ses pieds. Bien sûr, elle soupire : « Non, Muscade, pas maintenant. » Alors, je continue. Je vais en chercher un deuxième, puis un troisième, je déménage tout le panier s'il le faut. Et au fur et à mesure, ses refus se font de moins en moins convaincants, son sourire revient. Et il y a toujours un moment où elle craque, attrape un jouet et me le lance. Et c'est gagné !

— Très habile, approuve Monty. Il faudra que je m'en souvienne. Car, sans jamais vouloir le montrer, le mien aussi, de temps en temps me fait des coups de « moins bien ». Nos maîtres, parfois, ils nous donnent bien du mal !

— Oui, c'est sûr, mais ce n'est pas grave. On les aime quand même ! conclut Muscade, magnanime.

30

Au printemps, le soleil peu à peu dilate les odeurs. Je le sens, et Monty encore plus que moi. Il meurt d'envie de tout sniffer, de se saouler aux phéromones, de se faire exploser les narines. Mais pas question. Il reste sobre. Il sait sa responsabilité : il conduit. Moi, à l'arrière, comme le maître à son chauffeur, je donne les indications.

— Monty, à droite. Oui, bien, devant maintenant.

Tout roule, jusqu'au moment où Monty est certain d'avoir deviné notre destination. Aussitôt, il embraye et change de vitesse. Dès qu'il flaire la présence de Muscade, il accélère encore et nous entrons en trombe au Royal.

Lisa est déjà là, impatiente. Elle a monté un gros bateau à l'attention de M. Rémi, le patron du Royal. Évidemment, je suis à la manœuvre pour l'aider à l'y embarquer. Le challenge est de le convaincre de nous accompagner à la prochaine exposition de peinture au Grand Palais. Comme tout le monde, il se demande ce que deux malvoyants profonds peuvent bien ressentir en déambulant devant une succession de tableaux, fussent-ils de maîtres. La sculpture, si on les autorise à toucher, pourquoi pas ? Mais la peinture ! Bien sûr, il n'ose pas poser cette question qui le taraude, il en a même un peu honte. Et nous, cruels, plus on le sent gêné, plus on en remet des couches. On lui vante le fauvisme catalan, l'abandon des perspectives, les monochromes en triptyques, le retour au naïf, l'explosion des couleurs vives... Jusqu'au moment où Lisa lâche la bombe.

— La rétrospective Miró ! Nous, on ne peut pas louper ça !

Le temps d'assimiler et M. Rémi éclate :

— Miró, Miró... Oh ! les cons ! Pas un pour rattraper l'autre !

Et de rire à gorge déployée. Et nous avec.

Lisa jubile :

— Un limonadier qui se tire-bouchonne, c'est bon... non ? Je te parie que dans deux jours, notre blagounette aura fait le tour du bistrot !

— Oui, ça me fait du bien de rire. Surtout que j'ai eu une semaine difficile.

Lisa lâche un sucre dans son café :

— Qu'est-ce qu'il t'est arrivé ?

— Avant-hier, je suis allé à l'enterrement de mon ami Didier. C'était trop dur. J'ai eu du mal à trouver l'église que je ne connaissais pas, j'avais froid, et tellement de tristesse. Je me suis assis sur un bout de banc, le long de l'allée centrale pour que Monty puisse se coucher. L'écho des pas alentour, la résonance des voix sous la nef : la tête me tournait. J'étais vraiment mal. Soudain quelqu'un est venu me parler. J'ai deviné que c'était le prêtre. « C'est un beau chien guide que vous avez là. » J'ai dû secouer ma torpeur. « Merci. Il gêne ? Il faut que je le déplace ? – Surtout pas. Vous savez que toutes les églises vous sont ouvertes, mais particulièrement celle-ci. Elle est consacrée à saint Roch. » Saint Roch et son chien. Ça m'avait complètement échappé. « Puis-je vous bénir ? – Oui, bien sûr. » Alors, tu vois Lisa, ce signe de croix, c'était un signe d'adieu. Un adieu venu de là-haut.

Elle acquiesce silencieusement.

— Et puis il y a eu le cimetière... Il y avait un monde fou et, comme à son habitude, Monty n'avait qu'une seule idée en tête : doubler et filer tout seul devant. Tu me vois dépasser à fond, le cortège, la famille et le corbillard ? Et au milieu du recueillement général, crier : Monty stop ! Monty au pied ! Monty, attention, personnes ! Pour le ralentir, j'ai fait peser sur son harnais tout le poids de mon corps endolori par l'absence et quelques tonnes de chagrin. Mais en vain. À travers les pentes et les sépultures, il m'a littéralement traîné, son long corps blanc tout entier pointé vers l'avant au milieu de nos sombres silhouettes voûtées par le deuil, sa belle tête bien haute tandis que les nôtres ployaient sur nos épaules affaissées.

« Le cortège s'est immobilisé. On m'a expliqué que le tombeau se situait au milieu d'un carré et qu'il n'y avait pas de chemin pour y aller. Il fallait donc se faufiler entre les tombes. C'était si étroit que je devais rester bien en arrière de Monty. Nous étions si nombreux que nous faisions du surplace. À un moment, j'ai senti qu'il mâchouillait quelque chose. En déséquilibre, j'ai fini par lui enlever de la gueule une grosse boule de faux buis en plastique qu'il avait volée quelque part et ruinait tranquillement comme s'il se fût agi d'une de ses balles. La honte ! Je l'ai reposée au hasard.

« Enfin, après un long moment de cette procession au ralenti, nous sommes arrivés au bord du caveau. Monty s'est assis, calme et digne, aussi élégant et hiératique qu'un marbre de Rodin. Le vent était glacial. J'ai jeté une rose dans la tombe. J'ai frotté mes yeux et j'ai réchauffé mes mains gelées dans la fourrure tiède de son cou. Furtivement, il a léché mes larmes.

Pensive, Lisa dit sobrement :

— Ils nous aident bien plus que l'on ne l'imagine, nos chiens, nos éclats de vivre...

31

La détente, c'est le plus beau cadeau que nous puissions faire à nos chiens – et, en fin de compte, à nous-mêmes.

Tous les jeudis, j'accompagne Monty à l'école pour ce grand cérémonial : une promenade collective en toute liberté. Les retrouvailles sont bruyantes : emmêlage de laisses et de chiens, aboiements, salutations joyeuses au milieu de coups de têtes, de queues, de langues.

Vaste désordre pour reconnaître qui est qui et qui va partir avec qui. Car il faut former des groupes comprenant cinq chiens et leurs maîtres, cinq bénévoles pour guider au bras lesdits maîtres et quelques autres pour surveiller les chiens et protéger la petite troupe – soit quinze personnes bien rodées pour promener cinq braves toutous ! Cela paraît énorme, mais attention : ce n'est pas une simple balade en forêt, non, c'est un retour fulgurant dans les temps les plus archaïques, une expédition spatio-temporelle.

Pas de harnais ni d'étrier, juste un grelot au cou et un calicot bigarré signalant « chien guide en détente ». Nos chiens en simple laisse, nous partons vers le bois. Nous devons nous cramponner à nos accompagnateurs, car plus on s'approche de la libération, plus les chiens tirent comme des brutes. Déjà, ils savent...

On s'arrête dans une large allée cavalière. C'est le moment de tous les dangers. L'excitation est à son comble. On va lancer la fusée à remonter le temps. Nous plaçons nos cinq chiens en ligne. Toute la petite troupe de bénévoles se masse derrière nous. À la fin du compte à rebours – 3, 2, 1, 0 –, cinq Cocotte-Minute explosent en même temps, cinq bolides furieux se lancent dans une course folle. Cinq chiens d'élite capables d'analyser les obstacles les plus complexes redeviennent en un instant une meute primitive, ivre de vitesse et de puissance.

Sous leur galop, on sent vibrer le sol, on entend les feuilles mortes voler, les éclaboussures de boue, les craquements des branches, les grelots affolés qui s'éloignent, les halètements qui reviennent. On reste bien serrés en file indienne. Parfois, la meute infernale nous frôle, nous tourne autour ; parfois, elle disparaît et il nous faut siffler à pleins poumons pour qu'elle réapparaisse. Et l'on est à la fois fascinés et effrayés par tant d'animalité.

Précédés par notre horde furieuse, nous finissons par arriver, à petits pas prudents, à « la piscine », comme nous appelons ce bras de rivière, théâtre de la régression suprême, dans lequel nos labradors plongent, nagent, s'ébattent comme s'il s'agissait du détroit de Terre-Neuve. Ce fauve frémissant, couvert de boue, qui vient de s'ébrouer sur moi, est-il bien le toutounet d'amour avec qui je partage mes jours ?

Pendant leurs exploits aquatiques, nous nous asseyons en rond sur des rochers qui ont été placés là pour « faire joli ». Le bois bruisse, les perruches caquettent, les pies jacassent, et nous, à l'unisson, nous bavassons.

C'est qu'il en faut, des mots, pour décrire ce que l'on ne voit pas...

On parle des chiens, de leurs personnalités si différentes. Monty, le craintif qui recule en queue de peloton dès que quelque chose l'inquiète. Jorus, le chef de bande qui fonce en aboyant sur tout quadrupède approchant de sa meute. Muscade, la gourmande qui mange tout ce qu'elle trouve malgré les protestations de Lisa : « Oh ! non, elle va encore vomir ! » Maga, la chasseresse fugueuse qui part à fond dès qu'elle flaire un gibier. Faune, le vieux sage qui se tient toujours un peu à l'écart.

Peu à peu, les chiens se calment, gambadent en petits groupes, se font des câlins. On va pouvoir rentrer tranquillement. Au bras de nos accompagnateurs, au rythme doux de la promenade, nous partageons nos points de vue de malvoyants.

Au fil des semaines, on se découvre, les liens se tissent, on se retrouve plus tôt pour déjeuner ensemble, on se quitte plus tard pour boire un verre.

Longtemps, je me suis demandé comment des gens qui, dans d'autres circonstances, ne se seraient jamais rencontrés tant leurs milieux sont différents, pouvaient passer d'aussi beaux moments ensemble. La réponse était pourtant là, sous mes yeux, depuis le premier jour. C'est la joie des chiens, une joie sans feinte, sans calcul, la joie première d'être en vie, tellement puissante qu'elle nous pénètre et nous comble de bien-être. Et le soir, en retournant dans son train-train, chacun d'entre nous peut encore savourer à loisir ce morceau de bonheur.

32

PENDANT leurs ébats, les chiens, eux aussi, se racontent leur semaine. Muscade va chercher Monty.

— Viens voir, Maga est là.

Ils accourent vers elle :

— Alors, Maga, qu'est-ce que tu nous racontes de nouveau ?

— Bertrand, mon maître, m'a emmenée à un drôle de truc. Je crois qu'il appelle ça « cécifoot ». Sur une pelouse, ils sont plusieurs avec un ballon plein de grelots. Il y a pas mal de gens autour qui crient et qui s'agitent. J'ai bien regardé et vite compris : mon maître essayait de faire rentrer cette drôle de balle entre deux poteaux fermés par des filets. Comme j'ai appris à lui montrer la fente d'une boîte à lettres avec mon nez, c'était facile pour moi de lui prendre cette balle et de la mettre directement dans la cage ; j'en avais pour trente secondes et on n'en parlait plus. Mais quand j'ai voulu le faire, je me suis fait virer du terrain : « Assis, couché, à ta place, pas bouger ! »

Monty incline la tête sur le côté droit.

— C'est pas juste. Et t'as fait quoi ?

— Ben, j'ai dormi. Et, une heure plus tard, ils y étaient encore.

Muscade reprend.

— Des fois, ils sont bizarres, nos maîtres. Remarque, pour moi, c'est pas beaucoup mieux. On a fait les boutiques de fringues. Ma maîtresse essaye un tas de tenues et me demande : « Comment tu trouves ? »

Maga roule les hanches pour imiter Muscade. Elle ironise :

— Des couleurs non voyantes... Ça s'impose, non ?

— Prends plutôt un manteau de vision ! renchérit Monty.

— C'est ça, marrez-vous ! Mais il y a pire : si elle n'entre pas du premier coup dans son 38, c'est régime assuré, et moi avec. La dernière fois, 160 grammes de croquettes allégées par repas.

Maga fait claquer ses mâchoires.

— Affreux. Moi, je suis à 240, et j'ai toujours faim.

Monty s'assoit et redresse la truffe.

— Eh bien, moi, mon maître m'a emmené à Venise, tous les deux en amoureux. RER, bus, aéroport, avion, bateau, repérage de l'hôtel. Ça, c'est pas du guidage de gonzesse !

« Le lendemain, visite de la cité. Pas de voitures, ni de vélos, ni de trottinettes... Trop top ! Cela dit, comme il y a de l'eau partout, il faut tout de même rester concentré.

« Mais le plus bizarre, c'étaient tous ces gens avec des masques et de drôles de costumes. Il y en avait même qui étaient déguisés en chiens !

Muscade et Maga s'esclaffent.

— Des humains déguisés en chien ? J'y crois pas !

— Qui a pu avoir une idée pareille ?

Monty tire la langue.

— Ça… Je sais pas ! Le seul souci, dans cette ville, c'est qu'on marche des kilomètres, sans compter les ponts et les escaliers. J'en avais les coussinets en feu. Ils sont encore chauds comme de la braise. Tu veux les tâter, *amore mio* ?…

Maga soupire.

— Celui-là, depuis qu'il passe à la télé pour la publicité de l'école, il ne se sent plus pisser ! Un vrai cabot !

Arrive Peppers, une délicieuse labrador sable dont c'était la première détente. Elle dévore Monty des yeux et finit par s'approcher timidement de lui.

— Raconte… C'est comment, l'avion ?

Monty la détaille un instant.

— Tout bien réfléchi, c'est comme le train. La seule différence, c'est qu'on rentre en premier, que de très jolies hôtesses nous aident à nous installer et surtout qu'elles me font des tas de caresses et prennent des *selfies* avec moi. Après, je dors sur les pieds de mon maître jusqu'à l'arrivée. Comme ça, je suis en forme pour enchaîner.

Peppers se rapproche de lui.

— Tout de même, monter au ciel… J'en rêve !

Elle lui fait une révérence, puis se redressant, lui entoure les épaules de ses fines pattes avant. Tous deux partent en courant.

— Si tu veux garder ton chéri, tu as intérêt à suivre, aboie Maga à Muscade.

Et elles démarrent en trombe. De nouveau, les oreilles au vent et la queue en trompette, toute la petite troupe caracole joyeusement.

33

APRÈS la détente, dans le bus qui nous ramène au Royal, Lisa me raconte :

— Tu sais pas ce qui est arrivé à Doris, la maîtresse de Filoche ?

— Non, mais je présume que ça ne va pas tarder.

— Eh bien, elle s'est encore fait larguer par son nouveau mec. La pauvre… Je t'assure, il vaut mieux dire « je t'aime » à un chien qu'à un homme. Au moins, tu es sûre de ne pas te prendre un râteau.

Soudain, elle s'enflamme :

— Bien des hommes considèrent que l'amour est une faiblesse et en profitent pour te manipuler, prendre le pouvoir et t'exploiter. Regarde les femmes battues… Le chien, lui jamais. Il donne, il pardonne, il reste fidèle et dévoué, même si son maître est nul.

Au moment où j'allais répondre, le chauffeur nous annonce qu'en raison de travaux, l'arrêt est déplacé. Mauvaise surprise !

Nous voici débarqués dans un ailleurs. Un chantier colossal, un dédale inextricable. Mais pas un de ces délicieux labyrinthes à l'italienne, plantés de buis ou de charmilles au secret desquels on aime à se perdre pour y effeuiller dans un salon de verdure de douces amours galantes. Non. Tout l'opposé. Un enchevêtrement de barricades en tôle, de Rubalise, de tranchées boueuses, de tuyauteries éparses, de monticules de terre, de passerelles branlantes, de monceaux de gravats. Un maquis que saturent les sifflements des avertisseurs, le vrombissement des engins, les grincements métalliques de leurs chenilles, les rafales saccadées des marteaux-piqueurs, le pilonnage lancinant des pelles mécaniques. Sous nos pieds, la terre tremble. Nos tympans au bord de l'implosion ne répondent plus. Tous nos radars internes sont brouillés. Nous sommes piégés au milieu d'une folle installation sauvage de *street art*, hommage subliminal au XXe siècle et à son goût effréné pour les guerres totales.

Heureusement, les chiens, nullement impressionnés, ont deviné où nous voulons aller et cherchent déjà le chemin. Le jeu de piste est lancé. Comme ils sont deux, ils se challengent. Ils furètent, suivent des traces hypothétiques, nous marquent des obstacles invraisemblables, puis redémarrent à fond, se doublent dès que possible. Et nous, à les sentir si impliqués dans cette course à handicaps, rions aux éclats de leurs exploits ou de leurs déconvenues.

Enfin, ils s'assoient tous les deux sur une bande podotactile… ouf !

Comme il me reste un peu plus de microvision qu'à Lisa, il me semble reconnaître le carrefour.

— À mon avis, on traverse, on retraverse à droite et on y est.

À ce moment, un passant nous aborde et nous propose son aide. Il confirme mon hypothèse et s'enhardit :

— Je vous ai observés de loin dans les travaux. Je ne sais pas comment vous faites, mais sincèrement, je vous admire.

— Merci beaucoup, monsieur, dit Lisa. En vérité, ce sont nos chiens qu'il faut féliciter.

Mais il a déjà disparu, comme s'il avait honte de nous avoir fait une telle confidence.

— Devant !

Nos deux labradors, le blanc et la noire, tête haute, strictement parallèles, s'élancent du même pas, majestueux. Collés à leur flanc, épaule contre épaule, toujours vêtus de noir et blanc en contrepoint de leur pelage, Lisa et moi, sourire aux lèvres, entamons cette traversée... comme à la parade !

Nous ne voudrions pas décevoir notre admirateur inconnu, des fois qu'il nous regarde encore... de loin.

34

On s'écroule enfin au Royal.

Lisa soupire d'aise.

— J'ai bien cru qu'on n'y arriverait jamais.

Nos chiens eux aussi s'installent. À grands coups de langue, ils entreprennent de se nettoyer les pattes.

— Nom d'un chien, qu'est-ce que c'est collant ! s'insurge Muscade.

— Sédiment argileux calcaire !

— Qu'est-ce que ça veut dire ?

— Aucune idée. Ça m'est venu comme ça, lâche Monty en baissant la tête.

— Quand je pense que je m'étais fait les ongles ce matin pour être belle pour toi, mon Titi, je suis dégoûtée.

Et en peaufinant son récurage, elle poursuit :

— Ah ! il faut que je te raconte. La semaine dernière, on est allées au cinéma. *Mordre à Venise,* que ça s'appelait. Je pensais voir un truc bien saignant avec grands coups de gueules, cavalcades et suspense haletant. Rien de tout cela. Ça sentait le Mahler. Je me suis endormie.

— Moi, c'est pas mieux. Mon maître a dit à ma maîtresse : on va aller au théâtre voir *Monsieur Chasse !* C'est du Fido, on va se régaler. Ça paraissait alléchant. J'ai bien entendu parler de jolies petites cailles, de vieilles poules, de dindons, de lapins, de faisans et de grosses bêtes à cornes, mais je n'ai vu ni gibier ni chasse. Je me suis ennuyé et j'ai fini par m'endormir aussi. Note bien que je n'ai pas honte. Certains humains aussi dorment au théâtre. Alors moi, un simple chien...

Nous saluons l'arrivée de nos virgin mojitos avec de grands « ah ! » de satisfaction. Lisa trinque.

— Tu imagines ce parcours à la canne ?

— Ce parcours du combattant ? Non, impossible, dis-je en mâchouillant ma paille.

Après un instant de réflexion, je reprends :

— Je déteste l'expression « chien de travail ». Est-ce que l'on dit d'un grand soliste ou d'un chef d'orchestre qu'il est une « bête de travail » ? Non. Même si on le pense et que l'on sait que pendant quinze ans, il a fait huit heures de gammes par jour pour en arriver là. Pour lui, on dit « artiste », « maître ». Essentiellement parce que, en sublimant sa technique, il nous emmène dans un ailleurs, il nous ouvre l'invisible. Or nos chiens font de même. Ils nous interprètent la rue, nous donnent la clé du sol, ils mettent à notre portée bien des parcours, ils déchiffrent pour nous des quartiers aux partitions complexes. Ils improvisent dans des ensembles contemporains sans cesse déstructurés et nous dirigent harmonieusement, sans anicroche. Un travail acharné leur a donné les codes, mais leur sensibilité en fait de véritables artistes urbains, des maestros.

— À cette différence près que ce soliste, il n'y a que toi qui l'entends. Ce chef, il n'y a que toi qu'il dirige. Comme je le dis souvent, le guidage, c'est un truc de solitaire. Un plus chien égale un.

Sacrée Lisa. Toujours aussi pertinente. Pendant la remise, elle avait déjà utilisé cette formule. Mais j'étais tellement emberlificoté dans l'apprentissage de tous les protocoles à acquérir que je ne l'avais pas relevée. Maintenant que tout m'est devenu si naturel, si fluide, je peux partager avec elle mes nouvelles sensations.

— Tu pars avec ton chien. Tu te mets dans le tic-tac de ses pattes, dans le rythme de la médaille qui tinte à son cou. Il écoute tes indications, tu écoutes les siennes. Une douceur rassurante te gagne peu à peu, la confiance t'envahit. Enfin, tu lâches prise… mais pas le chien.

Lisa approuve :

— Avec lui, tu t'emballes dans ta bulle et tu déambules. Tu ne marches pas, tu survoles ! Tout va bien, jusqu'au moment…

— Jusqu'au moment où un passant bien intentionné vient te proposer son aide et la bulle éclate.

— Rebonjour les Terriens ! Deux plus chien égale trois ! conclut Lisa.

Je poursuis à voix basse, presque pour moi-même :

— Et là, il faut la recréer, cette bulle ! Sans compter les jours où ton chien est crevé, qu'il n'a pas envie d'y aller, ou qu'il reste bloqué sur le trottoir sans que tu comprennes pourquoi.

— Dans ce cas, répond Lisa avec l'assurance de celle qui a un chien d'avance, je ne connais qu'une solution : je le prends dans ma voix comme on prend un enfant dans ses bras. Je le cajole à coups de mots doux, je l'encourage : « Allez, Muscade. Allez, ma belle chérie. Allez, devant, cherche les lignes. Oui, c'est bien. Tiens, une récompense. » Peu à peu, le lien se tisse à nouveau, la bulle se recrée, le chien relève la tête. Tu sens que sa démarche redevient assurée.

Je souris :

— Une grande bouffée de bonheur mêlée de soulagement t'envahit… Le retour de l'état de grâce…

Je demande au garçon de renouveler nos boissons. L'épisode du chantier m'a altéré plus que je ne l'imaginais. Puis je reprends :

— Quand le quotidien me laisse l'esprit libre et que je sens que Monty est en forme, je m'amuse à le guider par la pensée. Je ne lui donne aucun ordre vocal et j'essaye de ne pas l'influencer par l'étrier du harnais. Le plus extraordinaire, c'est que ça marche. Quand il a un doute, Monty d'un léger coup de tête me propose une direction. Je lui murmure juste un petit oui ou non. Et on avance ainsi dans un silence et une symbiose totale. Nous sommes télépathes, ça m'épate.

Lisa s'enthousiasme :

— Bien sûr ! Toi et moi le sommes ! J'en ai parlé à nos éducateurs. Ils m'ont dit avoir déjà entendu plusieurs témoignages de cet ordre, même si cela reste peu fréquent. Quant à eux, ça ne leur est jamais arrivé. Je pense qu'ils n'ont pas les chiens assez longtemps pour construire une telle relation.

Je corrige :

— Tu veux dire une grande histoire d'amour.

— Absolument. Mais, dans leur cas, ce serait contre-productif. Bien sûr, ils doivent établir du lien pour que les chiens travaillent, mais pas trop ; car n'oublie pas, mon ami, qu'ils ne les éduquent pas pour eux, mais pour nous. C'est toute la noblesse de leur désintéressement.

Je rebondis :

— À propos de désintéressement j'ai rencontré la famille d'accueil de Monty.

— Super ! Et ça s'est bien passé ?

— Magnifique. Au début, on a tous pleuré. Et puis, après avoir déposé les larmes, on a attaqué les confidences. Ils étaient ébahis de m'entendre raconter tout ce que Monty était capable de faire. Eux l'avaient éveillé aux choses de la vie, lui avaient enseigné la propreté et les ordres de base que tout chien de compagnie doit connaître. Le reste, il l'a acquis à l'école, mais ils n'en mesuraient pas l'extraordinaire. Quant à moi, j'ai découvert comment ils pouvaient supporter la séparation. Leur seule récompense est de savoir que le petit toutou pataud qu'ils ont élevé pendant un an est devenu un grand chien d'élite, un fabuleux auxiliaire de vue. C'est leur bonheur, leur fierté, leur projet de vie. D'ailleurs, ils en ont déjà repris un autre.

— Le sacrifice de la séparation… moi, j'en serais incapable… me répond Lisa d'une voix légèrement tremblante.

Je laisse passer un temps.

— Tu te rends compte du nombre de gens qu'il a fallu pour former un chien rien que pour nous l'offrir ? Comment pourrions-nous tous les remercier ?

— Je ne sais pas bien… Peut-être en étant heureux, tout simplement…

35

DÈS que j'ai un moment, j'adore aller me balader avec Monty.

« C'est plutôt lui qui te balade ! », dirait Lisa.

Bref, si le temps le permet, nous descendons aux étangs de Corot.

J'aime ces lieux, comme Giverny, Barbizon, qui ont tellement poussé à l'extrême la palette des peintres qu'ils semblent à tout jamais leur appartenir. Entre étoiles et toiles, réel et figuré, je vagabonde dans leurs douces vibrations.

On fait d'abord tout le tour de l'étang du bas, puis celui du haut, jusqu'à mon banc fétiche, le deuxième après le passage de la digue. Là, je libère Monty pour qu'il aille se dégourdir les pattes et je m'installe pour une douce contemplation. Devant moi, sur un ponton, deux pêcheurs papotent ; cela ne va jamais comme il faudrait : trop chaud, trop froid, trop de vent. Mais ils sont là, chaque jour, blottis l'un contre l'autre, suspendus à leur fils.

Autour de moi, les enfants jouent au vélo, au ballon, au bâton. Ils courent, ils rient, ils crient.

Parfois aussi, ils tombent et pleurent. Heureusement, maman est là, qui veille...

À ma droite, sur le premier banc, des amoureux s'étreignent. Je ne distingue pas précisément les mots, mais la musique de leurs murmures est encore plus éloquente.

Un vent léger apporte des parfums de seringa. Et derrière moi, dans la forêt, tous les oiseaux s'égosillent pour me faire oublier la rumeur des voitures là-bas sur le coteau.

Après avoir bien gambadé, Monty vient se recoucher à mes pieds. Je le câline un peu, mais notre intimité ne dure jamais longtemps.

— Bonjour ! Il a l'air gentil, votre chien. Il s'appelle comment ?

— Monty.

— C'est un labrador ?

La conversation commence toujours à peu près comme cela. Puis, à mesure que nous parlons, la dame se détend, s'assoit, pose sur ses genoux son sac de solitude qu'elle finit par ouvrir en grand. C'est l'homme de sa vie qu'une crise cardiaque a terrassé alors qu'il était en pleine force de l'âge, parti trop tôt...

C'est son mari volage qui l'a quittée pour une secrétaire de vingt ans de moins que lui, une petite pétasse qui lui a tourné la tête...

C'est son grand fils, qu'elle a élevé seule, à qui elle a payé de belles études à coup d'heures supplémentaires et qui, pour finir, est parti vivre en Australie, à l'autre bout du monde, elle ne le voit plus...

C'est sa belle-fille qui la déteste et qui ne lui a jamais confié ses petits-enfants, ils passent toutes leurs vacances dans l'autre famille...

Tant d'amour bafoué, tant de sacrifices, et cet insupportable sentiment d'injustice, d'ingratitude, de vacuité.

Je me demande souvent pourquoi c'est à moi, l'inconnu du banc, qu'elle se confie.

Certes, j'ai des cheveux blancs, mais je ne suis pas le seul homme dans ce cas. Alors, est-ce parce qu'elle s'imagine qu'un homme sans regard ne portera pas de jugement sur elle, ou que mes grandes épreuves supposées me rapprochent des siennes, comme dans une sorte de cousinage ?

Je ne sais. Mais, je m'en voudrais de la décevoir.

Je ne lui dis pas que j'ai une vie professionnelle passionnante, une épouse merveilleuse, un fils brillantissime. Je reste humble, bienveillant, compassionnel.

Je suis dans le cadre. Le cadre de l'image d'Épinal de l'aveugle gai et sympathique. Je le fais pour elle et par égard pour nous tous, la grande famille des bigleux. Je le fais aussi pour moi, au nom d'une conviction profonde. Dans la nature, chaque être, si infime soit-il, a sa place, son utilité. Or, nous, les non-voyants, à quoi servons-nous, sinon à être des bien-entendants, de grandes oreilles pour accueillir ceux que plus personne n'écoute, comme autant de puits de consolation ?

Monty a posé sa tête sur mes genoux. Elle s'enhardit à le caresser discrètement.

— Il est vraiment très gentil votre chien...

36

Le soleil inonde la terrasse du Royal. Lisa s'est fleurie de son parfum d'oranger. Les chiens se prélassent. Et moi, une fois n'est pas coutume, je sirote un verre de muscat.

Lisa, joyeuse, mène la conversation.

De son fin corsage s'évaporent des volutes de féminité, la part des anges. Sans mot dire, je m'y love. J'aime m'enivrer de sa présence, si frêle et pourtant si intense.

Je suis bien. Qui oserait nier que la vie est belle ?

— Tu vois, me dit-elle, je me suis acheté de nouvelles lunettes en forme d'ailes de papillon. Elles sont trop top ! Depuis, on m'a demandé plusieurs fois, alors que je déambulais avec Muscade, si j'étais éducatrice pour chiens. J'ai répondu fièrement oui, en pensant : « Tu ne vois même pas que je suis aveugle, pauvre pomme ! » Mais au fond, je suis contente, j'ai toujours le look. Je fais illusion. Je donne le change…

— Il n'y a vraiment que toi pour douter de ton charme.

Sous la table, les deux chiens, eux aussi, papotent.

— Quels bavards, les deux au-dessus ! soupire Muscade. Je me demande ce qu'ils racontent.

— *Houff,* tu rates pas grand-chose. À l'école, ils disent qu'on comprend cinquante mots. C'est faux, moi, j'en connais beaucoup plus. Et puis, je lis dans la tonalité de leur voix et dans leurs attitudes. La plupart du temps, je comprends parfaitement ce qu'ils disent. Et cela quelle que soit leur langue. Quand une belle Italienne se penche vers moi avec un grand sourire en s'écriant : « *Che bellissimo, tesoro mio* ! », j'imagine bien que je lui plais. Pas besoin de dictionnaire pour ça.

— Non, il n'y a pas besoin de mots pour aimer.

Et elle en profite pour lui faire un petit bisou.

— N'empêche que c'est parce que nous ne parlons pas comme eux que beaucoup d'humains nous méprisent et nous traitent de bêtes. Pourtant, nous sommes capables de comprendre leurs états d'âme et de communiquer. Nous pouvons même flairer certaines de leurs maladies avant qu'elles ne se déclarent.

Monty laisse échapper un long soupir désabusé.

— Si tu savais à quel point ça m'énerve de les voir tout ramener à eux. Depuis Descartes et son *cogito ergo sum,* ils grimpent sur leurs ergots. *Ego existo, ego sum*... L'ego, rien que leur ego pour justifier que nous ne soyons pas leurs égaux !

— Mais, mon Titi, d'où sors-tu tout ça ? Tu es un chien savant ?

— Non, pas du tout.

Monty glisse sa truffe sous l'oreille de Muscade.

— Je vais te confier un grand secret. Assez souvent, je fais des rêves étranges qui me ramènent dans d'autres temps. Je m'entends parler le langage des hommes, comme dans une autre vie. Et parfois, alors même que l'aube chasse toutes les ombres de la nuit, il m'en reste des bribes, comme abandonnées par une mémoire très lointaine et pourtant familière.

— Tu es sérieux ? Tu me fais un peu peur.

— Très sérieux.

Elle réfléchit un bon moment, puis coule sur lui un regard plein de tendresse.

— Et c'est le regret de ces temps passés qui te laisse tant de mélancolie dans le regard ?

— Mais non, dit Monty en se redressant. Je suis heureux d'être chien guide et j'ai fait bien des efforts pour y parvenir. Ce qui me désespère, c'est d'observer le comportement des humains. Ils ont une intelligence immense et des incroyables techniques mais qu'en font-ils ? Ils ont perdu le sens profond de la vie, ils ont oublié que nous sommes de même nature, du même monde, comme si la démesure de leurs connaissances les avait éloignés de la plus essentielle.

« La vie naturelle, la vie, principe unique et universel, don de mystère ou mystère du don. Plus ils avancent, plus ils la renient, la détruisent.

— Et tu penses ça aussi de ton maître ?

— De lui, non. Ce n'est plus un homme comme les autres. Il ne peut plus voir, si ce n'est à travers moi, son frère à quatre pattes. Bien sûr, je lui évite des obstacles, mais au-delà de cela, je le ramène à une nouvelle vision, celle qu'il avait oubliée, l'éternelle. Et, peu à peu, je sens qu'il la retrouve. Rien qu'à cette idée, chaque matin, je lui fais la fête, car, chaque jour qui s'ouvre est un miracle.

37

BIEN que je la connaisse par cœur, j'adore faire lire à M. Rémi la carte des desserts. Il y met toute la solennité nécessaire aux choses sérieuses. De sa belle voix grave, il égrène chaque gourmandise avec volupté et ponctue chaque énoncé d'un silence mesuré en attente d'une réponse. Ligne après ligne, le désir s'accroît, la confusion s'installe, de sorte que, quand s'achève la litanie des tentations, je ne sais plus du tout à laquelle je vais succomber, mais j'ai déjà l'impression d'avoir goûté chacune d'elles.

Notre choix enfin fait, Lisa reprend la conversation.

— Je t'ai gardé le meilleur pour la fin. Hier, j'ai fait une rencontre pas ordinaire. Je prenais un café sur la terrasse du petit bistrot que tu connais, à côté de chez moi… À la table voisine, une nana, très jolie voix, très doux parfum, me demande : « Je peux caresser votre chien ? – Oui, bien sûr. » Bref, ça démarre comme d'habitude. On parle des chiens guides, de l'école, et puis, à un moment, elle me dit : « Elle a des yeux magnifiques, tout dorés. » Je lui réponds : « Pour moi, ce sont des yeux en or ! – Son regard est extraordinaire, d'une profondeur intense, d'une bonté extrême. Jamais elle ne vous quitte des yeux. – C'est vrai, je sens constamment ce regard sur moi. C'est comme un halo de douceur qui m'enveloppe, un réconfort permanent. Souvent, au guidage, quand elle marque un obstacle, elle tourne sa tête vers moi, en même temps que coule sur moi son incroyable tendresse, et elle me dit : "Tout va bien, tu m'as bien comprise"… » Et là, elle me sort : « Vous savez, pour moi, c'est une vieille âme qui s'est réincarnée. Il y a trop d'humanité dans ce regard pour qu'il en soit autrement. » Je n'ai rien dit, sa voix était tellement claire, mélodieuse. Et puis, c'était beau. Alors, elle a continué : « Peut-être même vous êtes-vous connues et aimées dans une vie antérieure, et aujourd'hui, vous vous retrouvez de nouveau unies, sans savoir d'où vient ce lien si fort. » Tu me connais, d'habitude j'ai pas ma langue dans ma poche, mais là, j'étais subjuguée, tétanisée du cerveau. Ça faisait beaucoup d'un coup et j'en suis restée muette.

— Inimaginable, glissé-je.

— Elle a bien remarqué que j'étais troublée, alors, très gentiment, elle a repris : « Je comprends que vous soyez surprise par ce que je vous dis, mais si vous étiez née sur un autre continent, ces choses-là vous paraîtraient tout à fait naturelles. Par exemple, en Asie, les hindouistes et la plupart des bouddhistes croient en la réincarnation. Je ne vous parle pas d'une petite secte, mais d'un courant de pensée que partagent encore aujourd'hui plusieurs centaines de millions de personnes, peut-être un milliard. Pourquoi seraient-ils plus dans l'erreur que nous, les Occidentaux ? D'ailleurs, dans le berceau de notre civilisation, la Grèce antique, Pythagore, dont on sait que la pensée était carrée de tous côtés, aimait à se souvenir de ses existences antérieures. On raconte qu'un jour, il arrêta le bras d'un homme en train de battre un chien à coups de bâton en s'écriant : "Arrête-toi, cesse de frapper. C'est mon ami, c'est son âme. Je l'ai reconnu à sa voix." Le grand Platon lui-même avait théorisé sur les cycles de réincarnations possibles. Mais les grands monothéismes, christianisme et islam en tête, ont tout écrasé sous leurs certitudes – celles-là mêmes qui les ont conduits à torturer et à massacrer au nom de Dieu. » Et elle a ajouté comme pour elle-même : « Quant à moi, je me demande ce que j'ai bien pu faire pour mériter de vivre ici et maintenant, dans un siècle aussi peu spirituel. » Et elle a disparu comme elle était venue.

J'avale discrètement ma dernière bouchée de gâteau.

— Je me demande si tu n'as pas rencontré une fée. Je les pensais toutes disparues, mais il se peut qu'il en reste encore quelques-unes égarées dans notre drôle de monde, et c'est tant mieux.

Par mégarde, Lisa bouscule un peu Muscade qui, d'un bond se relève. Monty l'imite et aussitôt, ils entament une partie de catch au milieu des tables. Après que nous les avons calmés en nous excusant alentour, Lisa enchaîne :

— On croise un paquet de gens qui viennent nous parler de nos toutous, mais c'est la première fois que quelqu'un, en trois minutes sur un bord de trottoir, suggère une réponse à une question que nous nous posons tous deux depuis longtemps : comment expliquer l'indéfectible amour, l'immense dévouement que ces chiens ont pour nous ?

— Ce sont de vrais anges gardiens, avec des poils en guise de plumes.

Elle poursuit :

— Et que dire de cette communication subtile que nous partageons avec eux ? Nous n'avons pas besoin de mots. Ils voient pour nous, pensent en même temps que nous, vibrent avec nous. Ce sont de véritables personnes...

— Des personnes déguisées en chien...

À ce moment précis me prend une envie frénétique de lécher mon assiette dans laquelle j'ai abandonné pas mal de crème anglaise trop difficile à récupérer à la petite cuiller quand on n'y voit plus. Oh ! doucement, la fusion des âmes ! Je ne vais tout de même pas aller jusque-là. En tout cas, pas en public...

Je me recentre.

— Au fond, si la vie nous fait traverser cette épreuve, c'est peut-être pour nous donner la chance de toucher du doigt le mystère oublié, mais éternel. Ainsi nous pouvons témoigner haut et fort, non pour des croyances hypothétiques, mais pour ce que nous expérimentons chaque jour avec notre cœur. Alors, nos chiens « vieille âme réincarnée », je ne sais pas, mais âme, tout court, oui, j'en suis certain. Une âme belle et simple qui s'enroule autour de la nôtre, et qui, grâce à cet enchevêtrement, nous redonne la vue.

— Bien plus que ça, Hervé. Qui change notre vie.

— La vue ou la vie, Lisa ?

Elle me prend la main.

— Viens, on verra ça en route. On va être en retard pour la détente.

Nous remontons la grande avenue qui mène au bois. Face à nous, un soleil ardent nous pique la peau, nous caresse le cœur. Tout en marchant, Lisa reprend notre débat, la vue, la vie.

— À ton avis, la vie vaut mieux que la vue ?

— Oui. Sauf si la vie n'est que du déjà-vu, dans ce cas, seule la vue peut redonner vie à la vie. C'est tout vu.

Et elle relance :

— Et entre une fille à mauvaise vue et une fille de mauvaise vie, laquelle tu choisis ?

— Faut voir…

— Mais quel goujat !

Et, comme des enfants qui jouent, nous rions de bon cœur.

Juste en avant de nous, nos deux chiens *zailés* nous entraînent joyeusement dans leur fière allure. Infatigables éclaireurs de nos vies, ils nous ouvrent, chaque jour, un peu plus le chemin de la lumière.

Remerciements

Ce livre est dédié à ceux qui, même sans le savoir, me soutiennent au quotidien et me font voir la vie en couleurs. Ils sont si nombreux qu'il me faudrait des dizaines de pages pour les remercier tous. Je ne citerai ici que ceux qui, de près ou de loin, m'ont permis d'arriver au bout de ce projet d'écriture. Mais tant d'autres en secret s'ébattent dans mon cœur...

Julien, mon fils, dont la joie de vivre éclabousse tout ce qui l'entoure.

Évelyne Desaux-Dumond, qui, en m'accordant sa main, a épousé la cause et me soutient chaque jour patiemment, amoureusement.

Vincent Roca, le maître des bons mots, le souffleur de vers. Que de pépites extraites de la mine de son crayon ! Il m'a redonné le goût d'écrire.

Florence Labadens, ma lectrice, dont la belle voix chaude a rendu à bien des écrits, y compris les miens, les accents d'humanité qui manquent toujours cruellement à ma synthèse vocale.

Dominique Piat, infatigable correctrice qui rend à mes textes leurs bons caractères. Quel œil !

Parfois, elles ont interverti leurs rôles, mais sans elles, je n'y serais pas arrivé.

Eva Ouahba, la plus lumineuse des malvoyantes, et Melba, son inséparable compagne à quatre pattes.

Manault Deva, une fée égarée dans ce drôle de monde.

Arielle, Thierry, Océane et Alizée Dugast, formidable famille d'accueil. Déjà cinq chiens ! Sans leur engagement et leur générosité, rien de possible.

Toutes les équipes de l'école des chiens guides de Paris et tous les bénévoles qui, de près ou de loin, nous permettent de recevoir un chien guide.

Docteur Olivier Roche, mon scruteur de scotome.

Sandra Poncet et Abdelkader Bouslah, mes formateurs en informatique adaptée. Quelle patience !

Les associations Un regard pour toi, UNADEV (Union des aveugles et déficients visuels) et ANMCGA (Association nationale des maîtres de chiens guides d'aveugles).

La ville de Saint-Mandé et son maire Patrick Beaudouin, qui se sont mobilisés pour financer l'éducation de mon futur chien.

Enfin, Monty, qui, en mettant la main à la pâte, y a laissé sa patte, voire les quatre !

CET OUVRAGE A ÉTÉ MIS EN PAGE
PAR NORD COMPO
À VILLENEUVE-D'ASCQ.

ACHEVÉ D'IMPRIMER PAR CPI FIRMIN DIDOT
À MESNIL-SUR-L'ESTRÉE, EN NOVEMBRE 2021,
POUR LE COMPTE DU PASSEUR ÉDITEUR.

N° d'impression : 166940
Dépôt légal : janvier 2022
Imprimé en France.